Feijoada no Paraíso

Marco Carvalho

Feijoada no Paraíso

A saga de Besouro, o capoeira

2ª edição

EDITORA RECORD
RIO DE JANEIRO • SÃO PAULO
2009

CIP-Brasil. Catalogação-na-fonte
Sindicato Nacional dos Editores de Livros, RJ

C325f
Carvalho, Marco
   Feijoada no paraíso: A saga de Besouro, o capoeira /
Marco Carvalho. – 2ª ed. – Rio de Janeiro: Record, 2009.

ISBN 978-85-01-08900-7

1. Ficção brasileira. I. Título.

02-1199
CDD – 869.93
CDU – 869.0(81)-3

Copyright © Marco Carvalho, 2002

Fotos de capa e encarte: Paulo Mussoi

Obra concluída com o apoio do Programa de Bolsas para Escritores Brasileiros da Fundação Biblioteca Nacional

Texto revisado segundo o Novo Acordo Ortográfico da Língua Portuguesa.

Direitos exclusivos desta edição reservados pela
EDITORA RECORD LTDA.
Rua Argentina 171 – Rio de Janeiro, RJ – 20921-380 – Tel.: 2585-2000

Impresso no Brasil

ISBN 978-85-01-08900-7

PEDIDOS PELO REEMBOLSO POSTAL
Caixa Postal 23.052
Rio de Janeiro, RJ – 20922-970

Para Katia e para a minha tia Isa, que em épocas diferentes encheram minha vida de carinho e organização. E para Cecília e Felipe porque bagunçaram tudo de novo.

"Não conheci mas vi falar de Besouro Mangangá..."
(de uma canção de roda de capoeira)

Apresentação

Por volta de 1901, um dicionário de "gíria portuguesa" definia capoeira como "jogo de mãos, pés e cabeça, praticado por vadios de baixa esfera (gatunos)". Isto não está inteiramente correto, uma vez que, naquela época, o termo já designava principalmente um tipo social, bastante temido por suas habilidades e tropelias. Por outro lado, não era composta de gatunos a maioria dos grandes capoeiras da época e, ademais, havia alguns "vadios" de alta esfera, pelo menos no Rio de Janeiro, entre os praticantes do jogo.

Seja como for, um século depois, a definição tem de ser revista, pois a capoeira entrou nos costumes, virou fato cultural e assim ganhou mundo. Tanto a "volta ao mundo" cantada pelos antigos como o mundo movediço da literatura. A treita do corpo juntou-se à letra do livro, a cabeça passou a buscar um novo tipo de alvo.

Feijoada no paraíso é um bom exemplo disso. Marco, cultor de capoeira e da charge jornalística, joga agora com as letras. A saga de Besouro, capoeirista e um dos ícones da mitologia popular na Bahia, recebe aqui uma forma narrativa compatível com a oralidade por onde se costuma transmitir a cultura do povo. *Oratura* é um nome adequado: um texto em busca de equilíbrio entre as convenções da escrita e os ritmos irregulares da fala.

Marco, na verdade, dá continuidade a uma linha que frutifica aos poucos. Basta lembrar *A balada de Noivo-da-Vida e Veneno-da-Madrugada*, de Nestor Capoeira, praticante do jogo e da escrita comprometida com a narrativa popular. *Feijoada no paraíso* é uma criação rapsódica, no sentido de que os contos ou "causos", narrados pelo próprio Besouro, ligam-se uns aos outros, sem preocupação cronológica, mas ordenados em torno de uma vida lendária. Marco narra como se procura jogar a boa capoeira: com elegância e eficácia, visando o encantamento do outro. Uma sugestão talvez oportuna seja a de se ler *Feijoada no paraíso* ao som de um berimbau, moderado por pandeiro e atabaque. Para rebater, uma dose de pinga com gengibre e canela.

Muniz Sodré

Memórias de um capoeira

Esta é a história de Manoel Henrique, filho de Maria Haifa e João Grosso, contada por ele mesmo desde antes e até depois do tempo em que virou Besouro, capoeirista famoso de Santo Amaro de Nossa Senhora da Purificação, na Bahia. Não é a história toda porque sua vida não é coisa que caiba mesmo em nenhum livro. São fragmentos, casos, histórias, narrações de sua saga tanto neste mundo quanto no outro. Não se encontrarão nestas páginas as pretensões de uma biografia. Mesmo porque tudo o que dizem sobre ele é e será sempre, de uma forma ou de outra, lenda e fantasia. Ele é um mandingueiro que se transformou ainda em vida no mito que é até hoje. E é um sujeito muito maior do que qualquer literatura. É claro que nem tudo o que se conta sobre ele está aqui, porque a memória de Besouro já se espalhou dentro e fora de sua cabeça entre os capoeiras. E se por acaso uma ou outra história deste livro não tiver acontecido do jeito que Besouro conta, azar o dela.

Marco Carvalho

Sumário

Cilada   13
Fama   17
Tio Alípio   23
Apelido   31
Mangangá   49
Palavra de homem   55
Fuzuê   59
Feira   69
São João   77
Encruzilhada   81
Quando eu morrer...   87
Anjo não   95
Magia   103
Enterro   109
Roda de rua   115
Madames   121
Padre Vito   131
Babuíno   139
Sorte   143
Nascimento   149
Feijoada no Paraíso   153

Cilada

Quando morri pela primeira vez já era noite, tinha passado o dia nas folgas com a mulata Doralice entre as pilhas de açúcar de coronel Juvencino. Lá ninguém vigiava de noite por medo de lobisomem, quanto mais de dia, quando não é hora de intruso fazer visita. Amei muito aquela cabrocha sobre os doces em que transformavam no engenho toda a cana madura da Maracangalha. Terminávamos sempre melados ainda de mais mel. Nunca tive mulher mais doce e mais fogosa. Doralice me encantava tanto, cada dia com mais mimo e dengo, e tinha muito fogo no corpo, mais que muita mulher dama que conheci pelos puteiros afora. No tempo em que vadiar era grande, muitas vezes adormecemos abraçados entre ferramentas, fazendo sacos e rapaduras de travesseiro, só acordando mesmo por medo do perigo ou para aproveitar mais a tarde e o tempo para amar mais no meio do mel de engenho esparramado no chão entre os potes de barro.

Naquele dia, quando morri pela primeira vez, acordamos já nas calmas do final da tarde, nos despedimos, e cacei logo meu rumo. Vinha ouvindo o silêncio pelo caminho-de-lá-vai-um que cortava pelo pasto, e que facilitava a gente chegar mais depressa na estrada, num largo antes do cruzeiro, que ficava bem na encruzilhada, por onde todos tinham de passar no caminho de volta para Santo Amaro. O pé pisando leve no chão para nem espantar passarinho, a cabeça nos peitos de Doralice. Naquela hora, quando o sol já deitou mas ainda tem aquele restinho de luz, porque a noite ainda não puxou a coberta, era normal de estar ouvindo alguma algazarra dos passarinhos nos altos das árvores, ajeitando pouso, lugar de dormir, mas não. Quase tarde, então, estranhei o silêncio. Estanquei. Alguma coisa piscou rápido e azulado lá para os longes das moitas, já perto do cruzeiro. Estranhei. Podia ser vaga-lume. Não, não podia, duvidei. Vaga-lume mesmo só pisca quando já tem estrelas penduradas firmes no breu do céu, gostam de rivalizar. No sertão, nas noites, a gente olha os matos e eles fervilham de estrelas, enquanto lá no alto, perto da lua, piscam os vaga-lumes verdadeiros. Assim é. Dizem, também, que à noite todos os gatos são pardos. Mas ainda não era noite e eu sou até mais que pardo, mas não era gato. Tinha que me zelar. Aquele brilho bem podia ser do cano de alguma arma dos homens do coronel, ou o brilho dos olhos do coisa-ruim. Ou os dois, quem havera de saber. Tinha que me zelar. Podia ser uns quinze ou mais espalhados no mato, não sei. Muita ousadia. Deitei de mansinho, de barriga no chão, que é como cobra anda sem fazer barulho. Mas não andei, não, que homem não é cobra, apesar de uns terem até veneno. Esperei chegar a noite ali naquele silêncio sem passarinho. O barro endurecido do chão sujando um pouco o meu terno de ver mulata, mas ia valer a pena. Lavar a alma só de passar a perna naquela ruma de tabaréus que o coronel pagava com o dinheiro grosso que ganhava com a cana.

A noite veio sem estrelas e sem vaga-lumes, mas com ruídos estranhos, de homens apreensivos, espantando muriçocas, quebrando gravetos, corações batendo. Mais e mais barulho se faz quando se tenta fazer silêncio. Sei notar. Situação difícil para eles também. Quase tive pena, mas nem não tive, que eu não era também passarinho. Escolhi um, depois de muito esperar, e fui chegando com todo o cuidado, para não fazer barulho, que eu não era cobra nem gato naquela hora. Este um só me notou quando já era tarde, nem teve tempo de fazer alarde, avisar ninguém. Tirei ele de combate. Botei só para dormir, nem tirei a arma dele. Não matei não, que nunca fui de matar ninguém assim sem mais, sem precisão. Tirei foi seu surrão de couro gasto e vesti nele meu melhor paletó, que estava um pouco sujo de barro. Mas que era, podem acreditar, meu melhor paletó. Vesti seu surrão para me proteger da noite e de outras coisas traiçoeiras, e sentei quieto na frente dele. Esperar é arte. Silêncio de tocaia é grande e pesa no ar. Nem muriçoca avoava naquele ar pesado e escuro de nem vaga-lume também. Fica aquilo apertando o coração. Ele demorou para acordar. Esperar é arte. Acordou doído da pancada que levou, que eu não boto homem para dormir com cantiga, já se sabe. Balançou a cabeça, esfregou os olhos e aí, então, deu por mim. Não sei se do susto ou da dor. Sei que gritou, deu alarme, e correu procurando um claro naquele breu. Também corri, que até gato que, todos sabem, tem sete vidas, também corria numa hora destas. Só que corri pro outro lado, no rumo da cidade. Enquanto corria, vi passar por mim dois, três, dez, sei lá, não fiquei pra contar. E ninguém me notou quando passaram por mim atirando, gritando ordens, na intenção que estavam daquele meu paletó que vesti no peste. Ainda foi muito pá-pum que ouvi enquanto tomava distância da confusão.

    Cheguei em casa antes do sol, a roupa suja de barro seco, a alma limpa como os lençóis que a avó botava para quarar sobre as abobreiras.

Fama

Tudo na vida e depois dela leva tempo. Tudo tarda. Hoje sei que tudo passa e tudo fica em algum quintal da memória, junto com bichos e abacateiros, onde tempo nenhum não reina e apenas um que outro tem o direito de ir vadiar. Mas quem anda, faz, se comove é que imprime no tempo e cria engendramentos, deixa marca. Fama que ficou para trás é rastro. Comigo mesmo foi assim. Acompanhe. Só depois de muitos feitos e desfeitos foi que minha fama veio a crescer e encher mais que bexiga em festa de carnaval. Cresceu tanto e encompridou foi mais muito mesmo que as sombras no cais do rio no fim da tarde, onde ia só para ver o carinho do vento varrer as nuvens no céu, sem se importar nem com limpeza nenhuma, só acarinhando o azul como que aquilo fosse a calçada de uma casa que uma mulher qualquer varresse todo dia antes do escurecer. Fama engorda e cresce, tanto quanto gente, e a minha foi ficando tão forte e viajeira de modo que passou a chegar em antes de mim em muitos lugares, rinhas, brigas, festas e tocaias. E deu de custar de muito a ir embora, mesmo depois de eu já ter ido. Mas foi só isso. O resto é o povo que inventa e aumenta. Eu, hein? Mas nunca que briguei uma tarde afora com ninguém não, meu senhor, nunca careceu uma coisa dessa. Bestagem. Isso é tudo falastrice dessa gente. Onde já se viu alguém virar desvirar coisa, toco, bicho, assim sem mais precisão ou justificativa. Isso é coisa de encantamento. Não é para qualquer um não. Todos sabem hoje, souberam antes e tantas gentes ainda vão saber amanhã que sou Besouro. Mais não conto. Não sou qualquer um. Quem quiser que tire suas conclusões.

Mas digo que estava aperreado muito naquele dia. Ninguém não sabe o que vai no coração de um, nem vai nunca saber se esse um for uma mulher. Mulher é mistério. Mistério não convém contrariar. Foi um dia em que acordei cedo mas uma cisma continuou roendo meu miolo e me acompanhou durante todo o dia até a hora da tarde em que resolvi de descismar. Comigo é assim. Não aturo. Não gosto de nada me incomodando. Nem sapato novo não gosto. Aquela gastura me queimando por dentro como fosse uma comida remosa do almoço. Mas foi só já quando desci rua abaixo e encontrei aquele negro grande e fanfarreiro que vendia pirulito para os meninos é que entendi que não poderia mesmo dormir com aquela coisa me incomodando. Ele não era um homem mau, que roubasse, fosse falso, nem andava de capangagem com jagunço. Não. Mas onde já se deu cabimento para um homem feito, forte como ele, que já tinha sido até gorgota na Marinha, varar seus dias vendendo pirulito para menino de escola. E olhe que ele era grande também, além de forte. Mas aquilo era trabalho de mulher, sempre foi. Elas que punham tabuleiro, vendiam doce, acarajé. Nenhuma criança podia se mirar nele não. Um negro como ele tinha que dar mais exemplo. Das duas uma, ou trabalhar ou saber de vadiação. Alguma tinha que ser. Vender pirulito que não era vida para ninguém do porte dele, ainda mais que entregava o pirulito para o freguês daquele jeito despropositadamente delicado. Aquela mão enorme, dedos da grossura de uma corda, que ele usava só dois para segurar o doce, a modo que tivesse até nojo do que tava fazendo, ou pior ainda, que fosse falso ao corpo. Aquilo não era exemplo para se dar para criança nenhuma de Santo Amaro. Ora se. Mas ele se ofendeu quando falei. Franziu na testa um vezo vincado no entreolhos que ficaram me encarando com uma raiva ofendida durante um tempo enorme. Sustentei. Mas só vi que tinha que tomar atitude quando ele deixou o tabuleiro de pirulito de lado e partiu para dentro com tudo. Não queria arreliar. Só falei o natural. Mas tive que dançar um picado na frente dele. Fiz de um tudo para dar tempo de ele se assuntar, tomar sentido. Não queria brigar com o negro. O que sambei na sua frente foi só mesmo para ele entender com quem estava se metendo. Brigar mesmo que não ia. Não era assunto de merecimento para isso. Mas qual. Precisei desviar umas três vezes da marreta que era a mão fechada dele, sendo que na última ele acertou e fez danos foi no tronco de uma árvore que não aprendeu a desviar de murro. Foi aí que ele ficou mesmo zangado. Não escutou mais nada. Nem a explicação que já tive que falar gritado para ele entender. Vender doce em tabuleiro era trabalho de mulher ou de maricas. Ora se. Homem forte como ele tinha que se dar o respeito. Tomasse jeito de dar exemplo para os mais novos então. Ademais, aquilo não encaixava com ele nem com a vida. Não era coisa de homem ter braço bom daquele para pegar numa estiva ou em serviço certo e ficar pegando pirulito com dois dedinhos. O negro franziu e desfranziu a testa variadas vezes. Os olhinhos miúdos me encarando. O corpo todo retesado de raiva. Ele era bem mais alto e muito mais forte. Ombros largos, avantajado, ossos grandes, musculatura farta sem estar ainda corrompida pela gordura que, na idade que parecia ter, já era natural de estar criando uma aqui e ali. Mas nem. Ele arrodeava me estudando, acumulando forças para o bote final que ia dar no meu abusamento. Não queria brigar com ele porque já disse que o assunto não tinha merecência, mas tinha que me zelar.

Rasteira é golpe que não machuca ninguém não. Só dói o que desorienta. Mas depois de duas, três, como as que dei nele o cara fica abobado. Qualquer um fica. Nem sabe mais de onde vai vir pé nem mão em briga nenhuma. Se quisesse brigar, como todo mundo disse que fiz, poderia ter dado no negro que de per si, àquela altura, estava até merecendo. Bênção, chapa, pé nos peitos, qualquer coisa. Ele não ia nem saber. Mas não queria dar motivo para falatório. Não ia brigar por uma coisica à toa. Não justificava o motivo. Mas ele veio de novo, e então tive que dar outra rasteira e ele caiu outra vez esparramado na frente do povo que já tinha juntado para assistir ao frege. Ele levantou rápido, junto com a poeira da queda. Parecia um boi brabo e preto no meio da poeirama. Quem olhava assim a cena dizia que a poeira era fumaça que ele estava botando de raiva pelas ventas. E veio outra vez. Saí da frente dele, claro, mas deixei a perna e puxei. Outro tombo. Dessa vez ralou o nariz no chão porque caiu de cara. Se a coisa fosse à vera mesmo era hora de chutar as costelas, causar dano. Entendo disso. Era hora de fazer o cara desanimar da briga. Mas não, não queria bater. Não era caso. O negro nem merecia, a não ser pelo atrevimento de me encarar. Mas, considerando a circunstância, isso era coisa que se podia relevar. Mas qual, ele não desarredava. Insistia o peste. Abaixava a cabeça e vinha de novo. Eu só fazia uma firula e puxava as pernas dele na rasteira. Cada vez uma. Uma atrás da outra. Mas era resistente o homem. Contei quantas rasteiras não. Só sei que na última ele não levantou mais. Dormiu ali no chão mesmo, de cansado que o corpo estava. Antes de dormir ainda vi naqueles olhinhos miúdos dele uma luz de raiva me furando com seu brilho. Já era de noite. Fiz meu rumo. Fui. Dizem por aí que a briga durou uma tarde inteira. Mentira. Briguei nada, não encostei a mão no sujeito. Só dei rasteira. O assunto não merecia briga não senhor.

Tio Alípio

Quando um homem, de tanto que finge ser um qualquer bicho, acaba se convencendo assim de que pode ser tanto cobra, que pode envenenar só com o olho um carneiro, e o carneiro já pensa, por sua vez, que se quisesse seria ele a cobra. Quando ela, cobra ruim e sem chocalho, já toda no ofício de encantar um sapo, nem nota que o que ainda hoje salta e salta, já tinha sido carneiro e homem em outras vidas anteriores e futuras. E que ele mesmo, o sapo, é que depois veio a ser o matador dela, a cobra, usando para isto só sua compridíssima língua pegajosa. E que, aliás, nem foi preciso mais que a língua, porque a tal cobra, já no seu comprido e sinuoso ardil de enganar o sapo, o carneiro e eu, que via tudo isto de detrás das bananeiras, já avoava em volta, batendo suas asas fingidas de lavadeira, a fim de enganar ele, o que era até mais bobo, o saltador linguarudo, o que deu então, por isso mesmo, cabo dela. Enfim, quando o homem ficou de final convencido e nem conseguiu mais fingir, porque ele era mesmo todos os bichos aqueles e seus instintos e ainda mais todos os insetos. Aí este homem era o aprendiz.

Quando todos os bichos, os que nadaram e os que ficaram escondidos embaixo do úmido das pedras, os que rastejaram antes de voar, pousar, galopar, para um dia mamar do leite comum dos que têm quatro patas. Quando os deste reino e mais as plantas também acreditaram que o homem, aquele acocorado, que inchou barriga, baliu e serpenteou, era bicho. Quando os animais nem estranharam mais as esquisitices daquele um, então ele não era mais o aprendiz, era o feiticeiro.

Tio Alípio me ensinou de tudo um muito. Com a calma do parteiro dos anos que a eternidade é que engendra. Ele era um negro, daqueles uns que olharam bem fundo no olho da maldade e viram a única forma de sair vivo de lá. A capoeira é arte do dono do corpo e de outros tantos. Pois se não. O que come primeiro, o ardiloso, é o que não é nem nunca foi aquele o pé redondo, o redemunho, o não falado, o tristonho, não. Capoeira é de todos e de Deus. Mundo e gentes muitas têm mandinga, corpo tem poesia, pássaro tem bico. Capoeira tem axé. Meu pai e meu mestre me ensinou. E isto não é pouca coisa. Mas mel não conhece flor nem reconhece abelha. O que me ensinou capoeira conhecia.

Todas as tardes, quando um ventinho leve já vinha assim bem de manso fazer carinho nas folhas do tamarindeiro, e o sol botava aqueles brilhinhos de arco-íris nas águas apressadinhas do riacho, é que eu chegava. Ele, logo depois. No claro de mata, perto do remanso, onde as rolinhas vinham ciscar, é que tio Alípio me ensinava as artes. Aprendi ali mesmo muito do que sei com ele, que, como de capricho, me ensinou entre tudo, até de novo o que eu já sabia. Naquela tarde, então, eu estava era muito aceso de novidade. Tio Alípio tinha dito no dia antes, com sua fala mansa e firme de pai dos segredos que ele sempre era, que naquele dia queria me ensinar uma coisa de muito importante. Pois que então que eu não faltasse. Disse aquilo assim, como se eu fosse, nem notei. Faltar mesmo é que eu não ia.

Tio Alípio era já velho quando conheci ele, mas parecia ter sido assim desde sempre. Andava leve, pisando macio no chão feito bicho gato. Ninguém nunca percebia ele chegar. Eu nem notava, por tanto que quisesse, de que lado tinha vindo. Quando me dava pela coisa, ele já estava ali, na minha frente, com aquele rosto marcado, feito cortado a faca na madeira escura que era a pele dele. Tio Alípio, meu pai e meu mestre que foi e que era, me fez o filho querido dos segredos, me iniciou nas artes, na mandingada, no coração da maldade, na poesia do corpo, nas lendas dos antigos, e na capoeira. Ele sabia bem de por dentro o passado, e falava do futuro como quem com saudade.

Aprendi naquele dia, e nos outros, que o tempo é o rei e o soberano dos que vivem entre as árvores e os edifícios. Vi o sol e a tarde se dividirem em milhares de luzes e reflexos vermelhos e laranja, entre as folhas da árvore da sombra fresca. E o mestre não chegava. Bestei largo na sombra. Não choveu naquela espera. E o fim da tarde foi misturando os ruídos da noite com os dos sapos. Antes de quando ainda não havia ainda a luz das estrelas, é que percebi que as formigas não tinham interrompido a sua faina de folhas e insetos. E que o mestre não tinha mesmo chegado.

Tempo é rei e mestre também, como tio Alípio era. Ele disse sem seus tambores, mais tarde, ao som só das luzes azuis da lua, que os brancos e as pratas dos da família de Oxalá também rolam de dia. Então que eu esperasse, tivesse paciência. Como quem nem tem peso nenhum no coração, tio Alípio exerceu sua ausência. Até os intestinos da noite cagarem meus receios. Só mesmo quando a lua subiu mais de com força entre os morros, iluminando minhas incertezas, é que dei em pensar de fazer o caminho de volta para casa. Alguém mais havera de estar preocupado. Mas nem. Fiquei ainda ali parado, pensando no que teria acontecido com o mestre que não era de faltar a compromisso. Nunca tinha sido. Por causa dos morcegos é que não era. Eles não se atreviam com ele não. Mesmo se quisessem arrelia, com ele não vingavam nem tentativa. O mestre reinava na ciência do ser vento quando não tinha vela, e também na de ser vela quando o mundo era do vento. Mas ninguém que ele assim não quisesse não via ele. Tio Alípio me ensinou. Escapava sempre. Tinha sido sempre assim, desde a guerra traída. Todos sabiam. Os morcegos sabiam, não se ousavam. Não molestavam ele não. Diziam que era porque ele era já um velho. Mas isso era apenas um fingimento de respeito pelo que temiam. Contavam muitas histórias sobre ele. Que era babalaô. Que tinha sido escravo em casa de gente de posse, e que a senhora da casa muito encantada ficou dele e de seu porte de moço jovem, garboso filho de uma preta que veio num tumbeiro trazida do porto de São Jorge da Mina, no Daomé. Acontece que o marido da senhora tinha seus encantos pela negra mina também. Isso sempre foi o natural e nem ninguém naquele tempo estranhava, e, entre outras promessas do amor fugido, tido às escapadas sempre para os escondidos do engenho, cumpriu a de lavrar papel de escritura alforriando o menino que já era filho daquela escrava, porque no caso da falta do protegimento do senhor o moleque havera de arrimar a negra mina, filha das nobrezas do povo meu, também, de origem.

Quando se soube, mais tarde, não sei como, dos fogos que também consumiam a alma branca da senhora pelo amor que lhe recusava o filho nobre da negra mina, aí acharam que era quebranto, coisa feita, macumbagem, feitiço, onde é que já se viu. Foi um tempo de muita confusão e castigo para ele e sua mãe. Um tempo em que ele aprendeu sobre a injustiça. A senhora, dizem, acabou louca e, num acesso, matou o marido. Vieram os soldados e só não levaram o filho da negra, já feito na crença das linhagens da fé do povo iorubá, porque a mãe o fez subir numa gameleira onde ele passou três dias e três noites sem comer ou beber, esperando, até poder descer e fugir sem ser visto, porque só depois dos três dias de buscas pela fazenda e pelos derredores é que foram embora os soldados. Muitas histórias contavam sobre ele. Mas ninguém sabia a história certa de tio Alípio. De como entrou e saiu com vida da revolta dos malês, no Salvador. Ele não gostava muito de falar disso não, mas para mim contou uma vez. Disse que morreu muita gente naquela briga boa dos diabos e nos dias seguintes. Contando os que foram castigados mais tarde com vergasta no lombo e sal para ficar pior de sarar, mais os que foram presos e os que fugiram, foi para mais de cinco mil almas envolvidas no segredo traído e na guerra. Foi onde tio Alípio aprendeu sobre a esperança, que é quando a gente aprende mesmo a esperar os desejos de com força e a criar eles com tanto carinho e alimentar e conviver todo dia com eles como fossem um bicho, como os que a minha mãe engordava no quintal e depois ficava com pena de matar porque se afeiçoava. Um desejo que fica fazendo parte da gente, assim como fosse um dente. A maior parte do que o povo de Santo Amaro falava de tio Alípio era tudo uns inventamentos de gente que não tinha o que mais fazer. Ele era maior do que o comprido das línguas faladeiras.

Eu já tinha resolvido voltar mas esperava, ainda, talvez só os pensamentos aquietarem e o coração parar de bater aquela toda ansiedade. O tempo parecendo muito mais grande que esse tanto que gastei pensando bestagem. Foi só quando, já resolvido de ir, abaixei para pegar o embornal e a boladeira, só bem no meio dessa hora é que tio Alípio desvirou, finalmente, planta de folha, toco, raiz e mais as areias e rolinha e me disse, suavemente, como quase sempre, que o desistir não era parte da lição do esperar. Só então entendi a diferença entre uma aula e outra. Pude notar de claro que luz, lua, sol e tamarindeiro são os fundamentos da arte, da rima, e do ritmo dos riachos. Tinha aprendido a esperar. Puxei o primeiro corrido da roda do dia seguinte. Quem sabe esperar sabe que nem precisa esperar sempre. Ou precisa, quem havera de saber ao certo? Olodumaré é que é o pai das diferenças.

Tio Alípio viveu, estou certo, naquele tempo de luas, tamarindeiros e sol, e me mostrou que aquele um que mata o pássaro ontem com a pedra que atirou hoje não é mesmo aquele o canho, o canhestro, o tristonho, o mafioso, o danado, ou o pobre, que é como o tratam hoje. Porque rica é a igreja, o diabo mesmo é pobre. Pude perceber o todo, o sempre e o antes da presença dele entre as folhas, as luzes e os bichos. Ele já tinha chegado muito em antes das rolinhas, do pôr do sol, ou da sombra fresca do tamarindeiro. Tio Alípio era, foi e é ancestral. Egum baba. Coisa de preto, de branco, de gente da arte da capoeiragem. Não sei explicar, não senhor.

Apelido

O nome é a primeira imposição que a pessoa recebe pelas fuças adentro, como assim para o vivente já ir acostumando às outras tantas que a vida há de fazer ou deixar de fazer só pra mostrar que é ele, o destino, quem manda e desmanda e toca na banda. Ter um apelido é resistir. Em Santo Amaro quase todo mundo tem um. Ser chamado por outro nome é ser reconhecido pela diferença que sempre existe entre o nome que o mundo dá para qualquer José, Nestor, Virgulino ou Pedro Alcântara, e o que ele tem no coração, entre as pernas, ou na cabeça desmiolarada de não prestar atenção na vida não. Ter um apelido é ter uma história, ou tantas várias, para não deixar ninguém contando vantagem sozinho em bodega no fim da tarde, quando todo mundo para, na intenção de tomar uma antes de voltar para casa, e os que têm mulher feia e encrenquenta, ou conhecem outra desgraça qualquer, demoram tomando outra e outra. E os apelidos são tanto assim um resumo como, às vezes, só o começo da história daquele um que atende por aquele nome carinhoso, engraçado ou esquisito. Mas já põem um respeito, dão uma medida, um sinal. É nome conquistado com esforço ou por merecimento, não é coisa herdada não. É mais. Não é sobrenome. Sei de muitos casos. Ter apelido é muitas vezes melhor do que ter só o nome, porque se ninguém não assina apelido em papel de escritura nem em cartório, nem quando os morcegos procuram, é só porque aí, pelas conveniências, a gente só se sabe pelo nome, como cidadão de respeito, mas quando é preciso mesmo, quando as coisas ficam quentes e os morcegos vêm com a cavalaria, a gente só se reconhece pelo escorregadio dos apelidos. João? Deve ser outro. Nasci de Maria Haifa tendo por pai a João Grosso e fui batizado com nome santo. Sou Manoel. Manoel Henrique. Mas sou Besouro. Eu nasci muitas vezes. Sei das histórias de vários apelidos de Santo Amaro da Purificação. Sei de Siri de Mangue, fui carne com Espinho Remoso, com Cordão de Ouro, Canário Pardo. Muita tropelia encomendei junto com Samuel Quero Quero nas festas e dias de guarda porque sou homem que não compro barulho no fiado não. Todo mundo sabe. Na capoeira então é lei todo mundo ter um nome de fé. Um nome só para bater e levar porrada. Mas como bem foi o caso de Joaquim Avemaria nunca mais soube de outro.

Mundo não é coisa certa nem medida, nem exata, nem redonda. Até parece que para preto e pobre Deus calcula destino como o dono da venda calcula os fiados. Mesquinhando com avarezas de picuinhas e medidas roubadas. O varejo das tristezas e desgraças. Fazendo sempre questão de ser pelo mais difícil. Mundo não é mesmo nem exato, nem redondo, quanto mais justo. Mundo é coisa que Deus fez criado assim sem mais, só de alegria pela bem-aventurança, só por prazer. Dizem. Apesar que eu acho que foi mais é de solidão, que o infinito, a eternidade e aquilo tudo era tão grande que nem ele se aguentava mais sozinho pelos céus afora. Mas o cristão não pode ter vida de prazer neste mundo não, vida há de ser só de sofrimento que é para, só quando morrer, poder ir para o paraíso e passar o resto da eternidade rezando pelo amor deste contrassenso. O mundo era assim mas Joaquim Avemaria nem ligava. Mundo era noite com lua, dormida em quarto sem janela. Era o trabalho sem domingo, como um sol sem sombra, a labuta cativa de quem se atarefa da lida com animal, com boi gado. O mundo era o trabalhar em todo sol, campeando boiada para o finado coronel Juvencino Ambrósio, para quem as velhas beatas nem falavam que Deus o tenha quando se referiam a ele depois do ocorrido, porque sabiam de bem sabido que nem Deus havera de querer aquele peste na barra de sua bata. Joaquim Avemaria era, e ainda seria hoje se não fosse o ocorrido, homem cumpridor de seus deveres, trabalhador, devoto e frequentador da igreja aos domingos. Religioso e compenetrado, era também forte e manso, como boi de cangalha. Tanto que nem se abalou nem tomou nenhuma providência quando o povo deu de linguarar assuntos do coronel mais sua mulher nas noites em que ele passava fora, tangendo a vacada para vender em Feira de Santana em nome de coronel Juvencino. Sua alma deu de ombros, talvez porque ter chifres fosse destino mesmo de quem já lidava com boi. Talvez porque o mundo fosse assim mesmo. Deus havera de dar a cada um o que a cada qual coubesse. Não ligou quando falaram as línguas farpadas das velhotas na saída das missas que ele, crente e resignado, não deixava de frequentar nem assim, nem com falatório. O falatório sobre o que acontecia era profissão delas, este ofício de maldizer na vida. Não fosse a de Joaquim Avemaria, sua mulher, Tereza, e a do coronel Juvencino, que eram mesmo um prato, havera de ser da vida de outros pobres ou ricos, inocentes ou culpados, tanto fazia, desde que engordasse o assunto delas. E elas falavam dos haveres entre o homem galante e salafrário que sempre foi o coronel Juvencino e a mulher que fez o pecado parecer até virtude, de tanto feliz que passou a andar Tereza. Falavam nem por amor à vida certa não, mas para fazer mais sofrer a Joaquim Avemaria, o devoto, o resignado e cordato, homem muito mais padre do que o próprio padre Vito. Falavam do prazer que, com certeza, não tinham mais em casa, seja porque se enviuvaram, seja porque seus homens perderam o gosto pela fruta delas ou porque arranjaram coisa melhor nas ruas do lupanar das damas. Sei lá, conto como vi a vida ser vivida.

Isto durou foi muitos e muitos anos. Também porque a finada Tereza era mulher muito cabocla, muito formosa mesmo. O tempo e o trabalho de todo dia só faziam por endurecer as carnes dela, que tinha os peitos e as pernas firmes, duras, e os dentes eram muito brancos e inteiros todos, e apareciam sempre que os lábios grossos se abriam para rir com gosto para tudo quanto era bobagem. Era mulher direita essa Tereza do Joaquim. Tinha sido. Mas também as mulheres direitas têm precisão de homem para o desfrute. Não que Joaquim Avemaria não fosse. Mas é que ele servia a Deus com fervor, mas à sua mulher nem tanto, que este povo devoto acha que homem não deve andar metido em trampolinagem. Mulher, então, nem. Mas Tereza, apesar de nunca ter falado nada, nem se queixado, nunca também que tinha se conformado por de todo não. O corpo dela, suas ancas, os peitos, tudo, eram revoltosos com aquele sistema de amor sem beijo, sem um cheiro, um chamego, que Joaquim adotava para agradar a Deus. Ele, que acho que percebeu tudo desde o início, não ligou para a aproximação do coronel, ou fingiu. No princípio, o coronel veio num dia para trazer os respeitos pelo falecimento de uma tia de Tereza que morava lá para os lados do Subaé. Depois, em outras vezes para trazer ordens e instruções a Joaquim sobre gado e preços, e, em outras tantas ainda, para trazer recados e urgências ao Joaquim que tinha saído para cumprir as ordens e instruções que ele já tinha dado em antes, sempre se fazendo em ali por perto, galanteando, arrastando asa como galo novo que era, e casado com mulher devota por sonsice, contrariamente a Joaquim Avemaria, que só aturava tudo aquilo com resignação porque era homem temente a Deus e bom cristão, e achava que o criador estava testando sua fé com aquelas coisas, com aquele destino amadrastado, como se o que fez céus e terras não tivesse o que mais fazer do que se ocupar com a vida triste de Joaquim Avemaria.

E foi ano e ano e muito ano que passou, todos devagar, como boi voltando da sombra, sem nada mudar de jeito. Em Santo Amaro, às vezes, o tempo passava como uma tarde de mormaço, sem que nem um ventinho arriscasse de balançar por bem as folhas das árvores. Aquele ar parado. Os sempre mesmos cachorros de Zefa latindo por obrigação para qualquer coisa que se mexesse sobre rodas e que entrasse na cidade, fosse a hora que fosse. Coronel Juvencino continuando a cornear a Joaquim Avemaria, que já tinha desistido até de procurar qualquer mais sentido de justiça no mundo. O que houvesse de ser, o seu deus lá dele havera de fazer ser em quando que achasse hora. Enquanto isso, quase todas as noites vinha o coronel até o rancho, apeava no limoeiro, abria com o pé a porta que já estava sem a tramela, enquanto abria com a mão a braguilha, e passava até tarde, às vezes até o dia seguinte, na maior descaração com Tereza, enquanto Joaquim vendia e comprava gado, comandando tropa, por dias seguidos, nas vilas pros lados de Feira. Ano e ano e nada muda, salvo engano. Não fosse a barriga de Tereza ter começado a crescer e arredondar, e os peitos dela a ficar inchados, e as pernas a mostrar umas veiazinhas azuis, o coronel ainda havera de gastar muito de sua energia em mais descaração com Tereza antes de se interessar por outra qualquer da fazenda ou da rua, como foi o caso daquela uma por nome de Otília, e que foi um caso que nem durou tanto assim.

Joaquim viu nisto tudo a mão de Deus com seus tantos dedos, a lhe fazer carinho e devolver Tereza e ainda mais uma criança que ele amou por isto mesmo desde aquele dia com aquele coração generoso dele. E foi de com fé que desculpou o coronel e compreendeu Tereza pelos apetites da carne, porque ela era mulher, e ele era cristão e, em Deus, que tudo podia, encontrava num sempre a força e o conforto, de perdoar os que não sabiam o que faziam, mas que continuavam a fazer assim mesmo. E daí em diante, de pura alegria pelo nascimento da menina que veio a ser Doralice, ligou menos ainda para o que continuavam a linguarar, somente de pura maldade, as freguesas do sexo devoto que cercavam padre Vito no final de todas as missas de domingo. Joaquim se invernou ainda mais naquela vida de ama-seca de boi de boiada, a fim de garantir o de comer para Tereza e a menina. Gastou muitos outros tantos anos de sua vida pacata e sem descanso nem sombra naquela lida, como fosse um cativo, mas viu a menina crescer com saúde e faceira como ela só. Fazia até gosto ver Doralice, que ia ficando cada dia mais e mais que bonita até do que a mãe já tinha sido na vida, ser tão querida por Joaquim que era o muito mais pai do que o coronel Juvencino Ambrósio, que nunca se importou mesmo de saber dela, ou de outro filho nenhum de mulheres da fazenda não. Nem deu-se de saber que era pai. E o tempo passou sem nem roupa velha, presente ou agrado. Nada mesmo, nem cafuné fazia o coronel nos seus bastardinhos que não eram poucos não. Todos sabiam.

Doralice veio a ser, já mais tarde, depois da morte da mãe por doença galopante que dizem ter sido quebranto, a que cuidava da casa e fazia a comida que o pai levava no embornal nos dias que passava fora tangendo gado por aquele tanto de sertão afora. Joaquim Avemaria ainda viveria muitos anos aquela vida sem justiça nem surpresas não fosse a sem-safadeza do coronel Juvencino Ambrósio ter posto olho na cabrochice da menina filha de Joaquim.

Chamada para o serviço na casa da fazenda, Doralice percebeu logo no primeiro dia o olhar comprido e indecente por cima do bigode safado que o coronel botou nela, quando servia a refeição na mesa grande da sala. Seu pai, que não viu os olhos afogueados do coronel nos peitos de sua filha, achou que tudo isso era, uma vez mais, a mão de Deus mexendo em seu modesto destino, a fim de causar uma melhoria qualquer, ao menos na vida da filha que ia já poder comer de outra farinha, de melhor do que a que comia em casa, além de carne e outras coisas, mesmo que fossem sobras, que sempre havia na casa-grande da fazenda. Por isso Joaquim ficou até muito do satisfeito com tudo aquilo que ele achava que era o seu deus que estava se compadecendo dele, e partiu feliz mais uma vez para acompanhar outra vacada até Feira de Santana. Essas viagens que Joaquim fazia de tempos em tempos não duravam um tanto mais que três, quatro dias fora de casa não. Pois que aquela durou menos. No dia do acontecido, nem bem manhã, cedo ainda, tomou o rumo da fazenda no lombo de sua égua.

Coronel Juvencino, depois do café, ordenou folga para as outras empregadas da casa para que pudessem acompanhar a sua sonsa mulher dele até a cidade a modo de assistirem missa e inteirarem umas compras e aviamentos. Menos para a Doralice, que ia ficar para cuidar do almoço. O diabo não premedita. O diabo aproveita oportunidades. Era assim a vida de Juvencino Ambrósio, coronel de patente comprada com dinheiro herdado de pai e avô, mais o que juntou nos anos, roubando nos negócios com o governo ou dos empregados mesmo. Ele sorriu feliz e ficou coçando as banhas que deram de acumular em redor daquele umbigo mal-curado dele, enquanto a mulher, a charrete e os empregados viravam uma só poeirama na curva da estrada no rumo da cidade de Santo Amaro. Juvencino Ambrósio nem esperou a poeira assentar não. Suas botas logo foram espalhar restos de esterco pelos ladrilhos da cozinha com a desculpa mais esfarrapada de querer um café àquela hora, quando a menina Doralice já estava toda entrada no empenho de outros preparos e o café mesmo já estava ficando morno de esperar acender os fogos do fogão para o almoço. Ela bem se espantou de ver o coronel Juvencino em sua cozinha naquela hora com as pernas plantadas no ladrilhado e abertas, mãos na cintura, querendo café hora daquela. Mas só começou a ter medo mesmo quando ele não reclamou nem ligou para o fato de não ter o que queria, a tempo e a hora, como que ele era de fazer sempre. O coronel sorriu cinismos e safadezas por baixo daquele bigodinho fino enquanto foi se aproximando dela com o olhar duro e fixo nos seus peitos, no entre as suas pernas. Ela não gritou quando ele segurou com força seus pulsos e foi imprecando aquelas coisas todas alteradas de palavrões e grunhidos, porque ele, entre outras safadezas, disse, salivando pela barba malfeita como a cara dele, que só gostava de foder mulher que gritava. E ordenou que ela gritasse enquanto sua mão grossa e suja de boi e vaca nem acariciou os seus peitos pequenos em antes de rasgar sua roupa toda, e estalou foi uma tapa no rosto dela, já avermelhado pela beira do fogão e pela vergonha. Não gritar, então, foi para ela a única resistência possível. Nem chorou também. Já porque a dor não era maior do que a vergonha nem do que a raiva. O nojo invadiu o seu corpo junto com o calibre do coronel Juvencino Ambrósio. Justo na hora em que Joaquim Avemaria apeava da égua na porta dos fundos a modo de ver e falar com a filha em antes de qualquer mais coisa ou da prestação de contas com o coronel sobre os dinheiros dos gados e das feiras. Um ódio muito enorme de grande e quente tomou conta da alma boa de Joaquim quando ele entrou na cozinha grande da casa da fazenda. Doralice se sentiu como havera de ficar uma mulher para o resto da vida depois daquilo, perdida. Com uma brutalidade comandada pela surpresa de ver Joaquim ali parado no vão da porta, o coronel saiu da menina e empurrou ela de com força para o canto da parede perto do fogão. O coração de Joaquim ficou pequeno e se afundou no seu peito largo, como um chumbo sem nem anzol na água barrenta de um açude. Depois, ele varou com o olhar o coronel várias vezes, como se o olho dele fosse o miolo mesmo do panaço que trazia na cintura, antes de as ventas ficarem só se abrindo e fechando como num boi brabo, a cabeça baixa, o corpo retesado. E aí a raiva foi como uma enxurrada que invadiu ele e arrastou, como as águas barreadas de uma chuva forte, todo e qualquer bom-senso e piedade, ou qualquer outro sentimento bom do interior dele. Joaquim era o ódio. Um possesso. Esconjuro. O coronel nem tremia de tanto medo. Os olhos arregalados, o espanto arqueando as sobrancelhas espessas. A mão de Joaquim desceu pesada sobre o lombo de coronel Juvencino Ambrósio. Mão é tanto só que um modo de falar, porque quando em antes de ele puxar a faca e o panaço, o que moeu o corpo de Juvencino Ambrósio foi um muito mais que mão, perna, cuspe, bofetão. Como que a raiva de Joaquim, por não conhecer o caminho de vir a mundo, então experimentava qual que seria o de melhor entre todos. Tapa, impropério, rasteira, pisão de frente, bolacha, xingação, bênção nos peitos, esganação, insultamento. Quando o sangue escorreu pelo nariz, e o olho do coronel ficou roxo e inchado de nem abrir mais direito e que ainda tinha tanta raiva acumulada no peito, é que Joaquim entendeu que só matando. Doralice estava acocorada de junto do fogão, umas brasas caídas queimando suas canelas. A exemplação tinha parado. Lá fora, aquela calma esquisita que dá no meio das tempestades. Juntou gente. Empregados do coronel que acudiram aos gritos e, quando viram a cena, acharam que era melhor não se meter, uns por surpresa, outros porque acharam que não iam conseguir tirar Joaquim de cima de Juvencino Ambrósio assim sem mais, outros, a maioria, porque acharam que o coronel merecia. O ódio de Joaquim tinha calado nele a voz que imprecava, como se refletisse ou premeditasse o próximo passo. O silêncio ganhando peso, como fosse um capado, no terreiro de junto da casa-grande da fazenda. A voz do coronel Juvencino Ambrósio soou, então, débil e esganiçada, no meio do nem zumbido de mosca, por entre os seus dentes sujos de sangue ruim, revelando o espanto e a humilhação. Pela primeira vez a voz do coronel não tinha o poder da ameaça. Era o derradeiro esforço de tentar desabalar Joaquim, que já tinha numa das mãos a faca pequena de esfolar, e na outra o doze polegadas que levava sempre na cintura pelas estradas afora. O coronel teve dificuldade para falar. Uns dentes tinham se perdido na refrega, outros iam despencando enquanto humilhava-se no perdão, implorando a clemência de Joaquim. Todos assistiam calados. Só as ventas de Joaquim abanavam o silêncio, latejando de um ódio já consciente agora de que nem morte havera de bastar como moeda que pagasse tanta dor, tanto destino inútil gastado naquela vida. O coronel falou de novo. O silêncio de Joaquim consumindo a esperança. Disse, então, que matar ele, um coronel dono de terras e gado, assim sem mais, que aquilo não era o que faria um homem bom, cristão, temente a Deus. Joaquim sorriu um ódio mau, de caso pensado, e concordou com o coronel. Ninguém na assistência se atreveu. Joaquim proferiu palavra já com o cinismo escarnecido dos que têm a consciência de sua perversidade, dos que conhecem a raiz da árvore do mal, dos que até já bem gostam de dormir na sua sombra, dos que se alimentam por profissão dos frutos que dão nela e mesmo por só prazer é que chupam até o caroço. Ele fez concordância com o argumento do coronel. Aquela pancadaria toda era um despropósito. Porque se era verdade, ele sabia, que nem a morte do coronel pagava a sua dor dele de pai, e a vergonha e destino de sua filha, era porque ali havera de caber também mais coisa, e que ele, Joaquim, só porque o coronel merecia, havera de ser justo e oferecer antes da misericórdia de sua morte. Ele, então, contou ao coronel, falando baixinho e pausado junto do ouvido dele, ter sempre sabido das suas descarações com a finada Tereza, e que nunca que houvera culpado a ninguém por isso além mais que a carne de que todos nós somos feitos, e que tinha pedido na missa cristã de padre Vito por muitos domingos, a absolvição e o perdão para os tantos pecados do coronel e sua mulher. E que a menina Doralice, que ele criava assim como filha e amava assim com aquele amor de pai era, na verdade, filha daqueles pecados do coronel e sua finada mulher. Que Deus a guardasse, perdoada e feliz, na sua glória. O coronel não se reconheceria naquela menina? Pediu ainda perdão ao que tudo pode porque pela primeira vez na vida ele interferia no destino que Deus lhe dava. Porque achava que era muita maldade de Deus fazer ele, o coronel, se desrespeitar em sua própria carne. Não que o coronel não fizesse o jus. Mas porque era muito sofrimento para aquela uma que não tinha merecimento para tanto sofrer, porque era ainda alma pequenina e delicada, como passarinho novo. Ninguém tinha ouvido uma palavra daquelas que Joaquim falou assoprando baixo no ouvido do coronel Juvencino. Só viram no esbugalhamento dos olhos do coronel, a maldade de algo terrível sendo revelado. Aí Joaquim voltou-se para todos e falou alto e claro, em paz com o seu ódio, que agora era um rio sereno que encontrou o traçado certo no sobe e desce de sua alma. Que ninguém dissesse que ele não era clemente e respeitoso com os que vão morrer e viver na eterna glória do Senhor, ou masmorrar nas quintas dos infernos, o coronel tinha o direito de rezar e pedir perdão por todos os seus pecados em vida. Juvencino Ambrósio mal se pôde em cima dos joelhos escalavrados, mas rezou uma ave-maria. Joaquim e um outro empregado danado de sonso mas que odiava o coronel de muito, rezou junto fazendo segunda voz. No final, dizem que foi a única vez que Joaquim errou a mão com uma faca, porque não matou da primeira. Nem da segunda. Contei umas quinze, dezesseis furadas até ele dar por acabado. E mesmo assim não acabou porque o coronel ainda agonizou umas muitas horas no terreiro sem que ninguém se abalasse. Quando sua mulher voltou da cidade com as outras empregadas é que ele já estava morto, Doralice perdida, e Joaquim tinha ganhado mundo.

Só quem viu e sabe contar conhece por que o apelido dele ficou assim para o sempre. Joaquim Avemaria. Que ainda viveu muitos anos depois no bando de Honório de Matos, que enfrentou até tropa do governo. Era um homem calado e mau, mas muito religioso. Sempre foi.

Mangangá

Não havera de ter sido, segundo meu pai, mais que um dedo não, no máximo dois, em antes dos dias em que se festejou com fanfarras a Independência, quando aqueles gringos passaram por nossa cidade com suas mulas e carroças. Traziam lunetas, ferramentas, bússolas e enormes curiosidades sobre plantas, pedras, bichos. De tudo perguntavam. Assuntavam. Inquiriam. Anotavam. Vinham debruçados em seus preciosos mapas, amarrados em raízes, pepitas e poeira. Muita poeira. Nesse tempo deu-se a ver que um gringalhão que veio com eles no meio da poeirama era um moço alto e louro. E era bem jovem também, de modo que bastou o olhar azul dele cruzar o verde, da mulatice dengosa da filha moça de nhá Amália, pra ele resolver ficar. Era estudante e tinha graduado posto naquela expedição de lentes estrangeiros porque, na linguaração das faladeiras, a família tinha posses na Europa. Só que em algum lugar por demais distanciado dos pequeninos peitos arredondados de Ana de Amália. Daí, ele resolveu ficar e foi ficando, como acontece com quase tudo em Santo Amaro de Nossa Senhora da Purificação. Foram-se as carroças, os outros gringos, os mapas. Ele ficou.

Durante largos tempos os parentes dele mandaram gordíssima mesada e depois uns móveis, que chegaram pelo vapor de Cachoeira. Ele construiu um sobrado de junto à farmácia. Por essa altura, a menina filha de comadre Amália fazia aniversário. Ele, que já vinha se estabelecendo no negócio de intermediar açúcar, em que ganhava dinheiro aos caçuás com o qual ele havera — se Nosso Senhor abençoasse — de sustentar a cabrochice da filha da liberta no bem-bom de seu sobrado, foi lá e pediu a mão dela à velha mulata numa tarde amena, em casa mesmo da comadre onde foi a festa do aniversário. Até padre Vito compareceu, tendo em vista o catolicismo comprovado da mulata comadre Amália, mas não tugiu nem mugiu o tempo inteiro, só cochichou com o gringalhão umas coisas que não ouvi direito da distância em que estava. E umas outras que a criança que eu era nunca que jamais havera de esquecer pela vida toda afora, quanto fosse o que passasse na vida, quantas fossem as vidas que passassem. O homem que ficou veio de muito longe. De onde veio o canário que um dia quis matar meu curió. Mas nem. Depois do casamento, passados uns anos, ele se fez no santo para honrar a lei de Ifá, de Oió, e a do meu povo iorubá. E também fez um filho, com um olho de cada cor, sarará que só e muito vivo, na iaô garbosa que se tornou a Ana do Gringo. A que com sua formosura encantava vários dos maridos de Santo Amaro. Mas só. Porque era bom e valoroso esse moço gringo.

No dia mesmo do noivado foi que ouvi o gringoso dizer aquilo a padre Vito, enquanto tomavam licor e fumavam grossos charutos baianos. Isso porque a comadre Amália sempre foi unha e carne com minha mãe na fazeção de doces e cocadas para as festas da igreja. Mormente nas festas da lavagem. E por esta razão, tanto quanto a ajuda que prestou com os doces da festa de noivado, minha mãe foi convidada para a cerimônia. Eu que não ia perder. O gringo conversava com o padre na sombra das árvores do quintal da casa de Amália. E no meio da conversa ele, que era um homem estudado, disse que um besouro, fosse pelas leis da física ou qualquer outra raça de lei, era um bicho que tinha tudo para não voar, muito pelo contrário... e que, no entanto, voava gracioso e veloz. Foi aí que eu me afeiçoei de ser um mangangá pela vez primeira. Quase endoideci de louvar e cumprir preceito nos dias seguintes para aprender a arte daqueles bichinhos. Pois que então era pelas asas de um besouro que se elevava o improvável, por cima das sobrancelhas espantadas do padre um bichinho de nada assim desafiava a fé do gringo na ciência. Acima da calva, que fazia parecer um ninho com um só grande ovo o alto da cabeça do gringo, então, é que avoava suas volutas o inusitado, afrontando o bom-senso. Minha dedicação a esse aprendizado, durante todos os anos dessa minha vida, só não foi maior que o meu fascínio. Depois, já com tio Alípio, ardeu foi vela em muitas quaresmas e eu encantado com aquele dom. Capoeira é coisa de se aprender de cada vez um pouco, até o fim de nossos dias, é arte de bicho, de planta, de pedra, sim. Mas não aprendi nada disso com luneta, régua, mapa, não. Foi tudo no respeito, na reverência, na cadência, com tento apenas no que fosse pé pisando certo nos errames do mundo. Capoeira é a vadiação, a roda. É ser o bicho, um besouro, um camaleão que mamou na mula e tem pé pesado, ginga mole, dolência, e a preguiça a que qualquer um tem direito. Ora se.

Pois foi distraído da vida, de ainda dar asa a esse encanto, que anos mais tarde, vinha descendo a estrada do Maracangalha pela minha mão direita. Esbarrava por onde o mato era uns dois palmos mais alto que o chão, a modo de me esconder logo, antes de precisar virar planta se a jagunçada de Noca de Antônia mais os morcegos de delegado Veloso viessem mesmo para me dar a caça. De fato quiseram me surpreender na encruzilhada, e quase que conseguiram se não tivesse eu mais surpreendido eles na montagem da tocaiação. Tanto distraído que eu estava que nem deu tempo de proferir por inteiro a encantação que tio Alípio me ensinou para uma ocasião dessas. Numa curva do caminho eles esperavam, caçadores, o preá, o cabeça de galinha, de distraído que eu estava. Oxe! A distância era pouca, só uns cinquenta passos e me viram logo. Ouvi uns matos se mexerem atrás, na minha esquerda. Não podia dar a volta no mesmo pé por isso então. Devia de ser gente deles. Fui em frente, enquanto eles enfiavam as mãos nas cintas e nos bornais. Mas já fui na intenção da maldade de cuspir no olho da cobra que era Noca de Antônia em antes que me sucedesse algo.

Corri na direção deles gritando e na certeza que o filho de Ogum que eu era não havera de morrer por nenhum ferro que eles tateassem nos seus embornais não. Nem figurei o tempo que levou aquilo, só sei que a cada mais que eu corria ia ficando tanto e tanto leve e a escapada menos improvável. Quando assustei, já voava livre sobre os praguejamentos espantados dos cabra ruim de Noca de Antônia. Antes que se dessem pelo que ocorreu, eu já avoava solto. Besourava. Mangangá é voador. Nunca me abusei desse dom. Mas escolhi o olho esquerdo de Noca e ardi ele até inchar. Fiz isso para que soubessem que sou o espírito daquele um que ferroa os beiços dos bezerros novos que ainda não aprenderam a não focinhar o verde de certas moitas na seca. Se assuntem. Quem mandou perseguirem um protegido?

O Gringo ainda fez mais dois filhos em sua Ana e, quando nhá Amália ficou velha, foi morar no sobrado, junto com a filha e os netos. Eu guardei de tudo isso a arte e o dom do encantamento. Não sou Besouro por à toa não. Muito me honrei de apadrinhar um filho de Ana do Gringo em cerimônia na igreja de Nossa Senhora da Oliveira do Campinho em antes de que tudo isso acontecesse. Durante todo o batizado rezei forte e mergulhei meus breves duas vezes na água benta da pia da igreja, enquanto padre Vito colocava o sal na língua do menino, passava os óleos na testa e percorria o peito da criança riscando a cruz com o polegar melado de azeite doce. A vida é uma conjuminação de coisas que nem um preto mandinga pode desfazer. É destino. Como foi o do Gringo viver ainda muitos anos no regaço de sua Ana. E eu outros tantos com meu segredo.

Palavra de homem

O homem nem abriu a porta da venda de Amaro porque já estava aberta. Foi entrando. Era curtido de sol e o cano de suas botas vermelhas mordia as calças até o meio das canelas. Ainda por cima, naquele calor endemoniado que faz em dezembro em Santo Amaro, vestia um capote e um bigode mal aparado. Todos estranharam, eu nem. Os outros continuaram bebendo. Encostou no balcão, fez um sinal com dois dedos para o Amaro como quem pede uma dose. Ou um gole de água fingida, da branca, da caiana, ou da mimosa. Ou uma pura de engenho, e depois sorriu um sorriso que escorreu escondido por trás dos bigodes grossos que sustentavam o seu nariz fino de se meter onde não era chamado. Deu a volta pelo meu lado direito, caminhou só uns mais três ou quatro passos junto ao balcão onde o bom Amaro servia aguardente para os outros que estavam na venda, e perguntou para eles assim de chapada por que diabos se precisava de palmas, cantoria, berimbau, atabaques e pandeiros, aquele tanto de presepada, só para um negro amassar a cara do outro e o outro amassar a cara do um? Palhaçada. Negro é tudo raça de fingidos, que inventaram a capoeira só para meter medo em frouxo. Um circo. Aquilo, se fosse coisa de vera mesmo havera de ter regra, como o boxe, por exemplo, que era coisa lá do estrangeiro onde, se arrotava o tal, frequentava muita gente que ele conhecia.

Mais quando estranho o que falo. É mais nessa hora que as coisas tomam tino. Palavras roubam sentidos de outros dizeres, de outros lugares. Caçam um rumo no meio do atordoamento, apenas porque o meu estranhar espantou o sentido morno e preguiçoso do onde elas moravam e aí elas ficam naquele alvoroço de formigas antes da chuva, procurando e procurando um juízo que elas não tinham antes não. Já nem estranho mesmo mais a hora em que mato sem nem faca o significado do que ainda não tinha sido figurado pelo olho de um sentido. Disse assim então para o homem, de repente, antes de qualquer conversa. Capoeira é arte, eu falei. E calei depois. Nem bem sei por que fui dizer uma coisa daquela assim sem mais. Um homem como eu não profere palavra ociosa não. Um capoeira mesmo sempre cumpre o que a palavra promete, de um jeito ou de outro que nunca ninguém tenha pensado, mas cumpre. Tudo isso aprendi assim na cadência, tirando do juízo. Sei como uma confusão das boas começa. Mas aquela não tinha começado ali não. Começou antes. Foi comprada pelo dinheiro grosso do fazendeiro, pai da moça visitada pela ousadia de Samuel Quero Quero. Coisa paga adiantada. O dinheiro já estava no bolso do homem do bigode abusado.

Samuel, que bebia comigo mesminho naquela hora, estava tão bêbado que seu prumo era capaz de subir deitado uma parede, antes de se esparramar no chão da venda, feito um saco de milho. Ou o de farinha de fubá ao lado de onde o intrometido apeou sua sonseza e se virou para mim. Senti seu olho na minha nuca mas não me abalei. Tinha que fazer as honras da terra. Pedi mais duas doses em voz alta, e deixei o tempo escorrer feito o suor na testa de Amaro. Muito depois é que me virei de frente e ofereci a cachaça ao intrometido. Ele me olhou no olho. Nunca li uma letra de livro ou de cartaz de reclame, mas de esperteza eu entendo. Li a dele num trisco. E antes que piscasse uma vez que fosse, qualquer maldade contra Samuel ou contra mim, inaugurei um sorriso e ergui um brinde aos estrangeiros de todas as terras. Aos gringos de todas as europas e outros confins. Dos quintos que viessem sempre havera de se receber bem os estranhos na Bahia.

Ele nem agradeceu. Cuspiu no chão e disse que era brasileiro e que não bebia não. Pensando talvez em amansar ele, Amaro trouxe a pinga que o abusado tinha pedido nos dedos antes, mas isso só fez piorar o ar dentro da venda. Todos foram se desafastando com seus copos. Uns na direção da porta, outros sem direção nenhuma. Ficamos só nós três na venda. Eu, Samuel Quero Quero e o nariz do caçador de arrelia. O cagaço de Amaro e dos últimos a sair se varreram para o outro lado da rua lá fora. Aí foi tudo muito rápido. O estranho caçou um ferro dentro do casaco e eu só tive tempo de jogar Samuel com copo de bebida na mão e tudo para trás do balcão, antes do dedo do estranho coçar o trabuco e mandar caroço. Foi muito tiro que passou no vazio das minhas firulas até eu acertar uma cabeçada bem dada no meio do bigode do mercador de encrenca. Ele caiu e afundou a cabeça no saco de fubá. Quando levantou o nariz sangrava no meio da farinha que empoava sua cara. Parecia um palhaço. Chutei sua bunda até a rua. Lá de trás do balcão, dentro da venda, Samuel se levantou com o copo cheinho na mão, e também veio para fora cantando uma cantiga de capoeira. Tive que bater palma. Capoeira é arte. Não falei? Só não tem palhaço. Mas equilibrista tem sim, meu camaradinho.

Fuzuê

Antes do fuzuê veio o homem de chapéu e terno escuro com uns riscadinhos brancos, como fossem de giz. Usava uma gravatinha amarela de laço, que se desaboletava buliçosa em seu gogó, e se mexia conforme o andar enganoso de ema dele. O laço da gravata era comum com uma borboletinha amarelosa, que é dada a frequentar tudo quanto é bosta de vaca pasto afora no tempo das chuvas. Tinha esse moço o queixo reto, a modo que fosse traçado por régua, e que possuía também uns tons meio que azulados, por causa da barba cerrada que ele fazia questão de escanhoar com uma navalha de cabo de osso todo santo dia. Uma grossa correia de couro, já meio gastada pelo suor da lida, fazia embalançar, atada a seu corpo empertigado, uma caixa de madeira envernizadíssima. A correia se resfolegava no seu pescoço ensebado e suarento, de encardir altos colarinhos recortados nas mais finas das cambraias. Tinha também o homem meias e boas camisas dentro da mala bem segura na mão direita. Mas isso só se ficou sabendo depois. Apoiados no ombro esquerdo o moço tal ainda trazia uns três paus, atados nas pontas com ferros e outros couros. Eram uns madeirames compridos que faziam altura com as vergas das biribas que já se armavam para a roda. O moço de terno foi logo montando na praça aqueles tripés e traquitanas a modo de exercer o seu ofício, na maior sem-cerimônia.

Naquela hora era só Doze Homens, Dendê, o pandeiro de Licuri, Siri de Mangue e os berimbaus. Eu e Cordão de Ouro chegamos coisica à toa mais depois naquele dia. A gente ficou ali no largo descalçando qualquer pressa, gingando mesmo só por brinquedo. Pensamento desarreado e sem cabresto, galopando num campo sem nem cerca de fazenda de filho de uma égua de coronel nenhum. Quem conhece sabe que a capoeira é um rito do corpo. Mas só deve ser praticada por quem tiver espírito forte e não dever aos santos. Atentar no improvável é a rotina do ardiloso. Todo dia podia se aprontar o que fosse. Podia ser capina ou biscate, carregar balaios no mercado ou amansar burro brabo. Mas tinha que ser trabalho avulso. Porque à tardinha a profissão era jogar na roda do largo, que por esse tempo não tinha ainda em volta o casario todo que tem hoje. Depois que o sol, cansado de torrar o barro dos telhados de Santo Amaro da Purificação, descaía por detrás da torre solteira da igreja de

Nossa Senhora do Campinho era a hora. Quem tinha parte com o brinquedo se achegava e jogava. Vinha gente de longe. Tudo quanto era qualidade de povo. Prestasse ou não prestasse. Ninguém perguntava. Vinham meus camarados e os manos velhos das fazendas e engenhos. Tudo gente minha. Negros estradeiros, descendentes e fugidos, mulatos e vaqueiros. Gente de toda a banda. Todo mundo só queria brincar na roda do largo. O branco do olho só fingindo o esmo e o encantado. Roda de capoeira é assim, mas é o ligeiro também. Nenhum pensejo pode frequentar a mente do brincador no jogo. O senhor me creia, cresci sobre o distraído. Naquele tempo passado tudo era o jogo da capoeira para mim. E é hoje ainda. Tudo era na graça e na pirraça, porque Besouro nunca temeu valente. Nem os praças do delegado Veloso, que quando tinham notícia da praticagem vinham botar cobro ao esculacho. Comia um pau sereno quando eles chegavam. Mas a gente nem se dava. Fazia parte.

O moço da gravatosa amarela encaixou e atarraxou em cima das três ripas de pau amarradas a tal da caixa de madeira. Abriu nela uma janelinha, por onde puxou um fole preto, mais assemelhado a uma sanfona, mas que no entanto não tocou música hora nenhuma, não senhor. O homem encenou uma reverência graciosa e se debruçou sobre a caixa, parecia querer enfiar o seu nariz xeretoso dentro dela. Depois desceu sobre as costas um pano, já meio remendado e ruço, mas que tinha sido um dia pretíssimo. Figurei que os três paus de madeira também envernizada que sustentavam aquilo podiam bem passar pelas canelas de uma ave doida. Porque a caixa no alto de tudo parecia ser uma cabeça quadrada, de onde se espichava a sanfona preta que avançava para frente, a modo que fosse até um bico. O pano que descia cobrindo as costas do homem era o corpo do passarinhão. As penas do rabo eram os riscadinhos de giz do terno que escapavam do pano já mais desbotado do que preto. Ele ficou lá um tempão parado naquela pose, como fosse mesmo uma ave engraçada e esquisita espreitando peixe em beira d'água. Ainda mais estranho que uma siriema.

Cada um já arremedava um pé na surpresa do outro. Tudo na cadência e na manha, mas ainda sem nem berimbau. Foi quando o homem veio até a gente e se apresentou. Manoelino da Mota. Fotógrafo. Distribuiu cartão e danou de inquirir. Mas ninguém deu de comer ao seu querer saber mais sobre a arte. Assuntou e perqueriu de um em um e, por fim, pediu para a gente demonstrar. Como era tudo mano da fé, ninguém se fez de rogado para o estrangeiro. O jogo correu rápido, mas com macieza e reverência. Lembro que foi Maitá, um que era bem de um samba, quem puxou cantiga. Quincas tangeu o arame com a baqueta e abalou seu caxixi na mesma hora. Cabaça beijou barriga e berimbau reinou pelo resto da tarde no largo. E foi pé e foi palma, tudo no tento de fazer o que fosse, desde que no ligeiro e na esperteza de não esquecer que os cabras da guarnição podiam chegar a qualquer instante. Juntou gente.

Foi aí que compadre Doze Homens quis tirar uma chinfra e parou a roda. Tomou o pandeiro de Licuri e desvirou ele de boca para cima. Fez ainda, de graça, duas piruetas sem nem balançar as presilhas de lata do instrumento bem seguro na sua mão. Depois correu a roda coletando, entre os alegres da assistência, muitas pratas e até umas notas amarfanhadas de milréis. Mas isso era tudo visagem dele. Notei bem logo. Porque capoeira não é arte vã. O que Doze Homens queria mais era aliviar o homem fino e bem-vestido de seus cobres. E continuou naquelas fintas até que parou na frente do gravata e deitou a falar, na zombeteria que só quem tem parte com a mandingada sabe fazer. Até agora o espetáculo tinha sido por conta, que todo santamarense é generoso. Mas os movimentos que esbugalharam os olhos verdes do moço eram o comum. Coisa de que a gente se valia no costume. No que, aliás, não falou besteira não, como ele era bem de fazer quando queria zoar com um. Mas se o moço quisesse ver mais ia ter que pagar. O homem magro de terno enfiou as mãos nos bolsos, sorridente e prestativo. Doze Homens sorriu só com os beiços. Achou que o outro fosse mesmo se coçar. Manoelino desabriu na cara uns dentes grandes e riu um riso branco e bem lavado, como um lençol que tivesse quarado uma tarde inteira à beira do açude, mas tudo quanto tirou dos bolsos foi mesmo só o pano murcho de suas posses. Dinheiro nenhum. Meu mano fez uma dúzia de caretas, era todo desapontamento. No meio do espanto de todo mundo da roda com aquilo teve gente que riu alto e Doze Homens então limpou qualquer sorriso da cara mal barbeada. Puxou um pigarro grosso e cuspiu no chão depois. Armou uma carranca de quem não gostou nem comeu. Ia sobrar para o estrangeiro lambe-lambe. Ora se. Mas o fazedor de estampas não era por de todo estranho à arte não senhor. Pelo contrário, era homem da função e de outras malandragens. Com um gesto elegante guardou os bolsos rotos e vazios de volta na calça riscadinha de giz, depois tomou o meu amigo espantadíssimo pelo braço, desemborcou o seu próprio chapéu de feltro da cabeça, e foi correr a assistência junto com o mano velho. Tudo o que arrecadou ele colocou dentro do pandeiro de Licuri, que continuava lá suspenso na mão estendida e espantada de Doze Homens. Todo mundo achou sua graça daquela ousadia. Mas quem riu por primeiro do feito foi o meu camaradinho de roda. Manoelino e Doze Homens ficaram para sempre amigos desde aquele dia. Amizade das maiores do Recôncavo. Até hoje as famílias comentam. Depois disso nem precisou o moço pedir para ninguém do povo fazer pose para sair na estampa. Todo mundo queria. E foi um tal de pé para lá, braço assim, tudo fingido e equilibrado para sair bem na fotografia.

Ainda que exista quem se detenha por mais tempo na posição da bananeira ou numa queda de rim, capoeira é movimento. O senhor me creia. Mas Manoelino da Mota foi arrumando um a um, todo mundo na pose. Sacou de dentro da mala uma haste com um pavio de metal na ponta a modo que fosse até uma lamparina modernosa e foi tomando sua posição. Por causa de estarem todos empenhados no intento de montar a pose para a foto ninguém viu Baraúna e seus cabras dobrarem a esquina da rua que vinha dar no largo. Quando notaram, já era o desgramado dando voz de prisão em todo mundo, comandando tropa. Tudo cercado. O fotógrafo nem se abalou nem nada. Com a cabeça enfiada no pano preto estava, com a cabeça enfiada no pano ficou. Não percebeu, ou sonseou não notar, a aproximação dos praças. E deixou para estourar o relâmpago que saiu do pau de fogo que tinha tirado da mala bem no meio da hora em que todo mundo já se dava por perdido para os morcegos de Baraúna. Foi o que bastou. A capoeira retomou o prumo de novo porque é arte movida a imprevisto. Já não lhe disse? O resto ficou todo mundo lá parado no meio da fotografia. Todos meio cegos pela luz coriscada que saiu do pau de luz. Aproveitei para espalhar a mandinga no largo nessa hora. Ninguém mais se entendeu. E foi banda e foi rasteira e foi tapa e esculacho. Durante a briga o moço teve a oportunidade de bater mais chapas. Até a mala dele foi convocada para o esfrega e espalhou meias finas e camisas de seda no calçamento. Mesmo ainda muito depois de terminado ele ainda batia chapa dos praças e de quem mais se feriu no arranca-rabo. Dizem que as tais fotografias saíram numa revista da capital. E demais não se teve notícia.

Ficamos devendo essa ao moço que depois ainda deu para nós umas fotos por lambuja e amizade. Porque era tão bom de coração que ainda quis depois de tudo aprender a arte. Ele se estabeleceu na rua por de trás do mercado e todo dia pela tarde vinha até o largo brincar em jogo de compra. Durante os dias seguintes, sendo que mais aos sábados, todos se metiam nas fatiotas, batiam chapas que ele depois lambia e retocava num quarto escuro no fundo da loja onde veio a instalar em definitivo o seu negócio de fotografia. Ele usava de um tal carinho alisando e emoldurando as estampas em cartolinas com janelas de papel de seda que todos se encantavam do seu trabalho. Coisa fina e distinta. Fosse em casamento, batizado, enterro. Tanto se lhe dava. Para Manoel Chapéu, como ficou conhecido para sempre o fotógrafo por todo o Recôncavo, tudo era assunto. Mas eu não consto das revelações dele não. No meu tempo quem era da capoeira precisava ser ligeiro. Dizem que é coisa de encantação eu não aparecer em nenhuma fotografia. Mentira. São maldizeres de gente que não viu ou tem inveja. Tudo bestagem. *Capoeira é ligeiro / Paraná / Eu também sou ligeiro / Paraná*. E quem anda ligeiro não tem tempo de tirar pose não, camaradinho. Sei que só restaram nas fotos do lambe-lambe a igreja, o largo e as almas que andavam devagar. Minha vida foi tudo tão depressa que só quem não piscou o olho conseguiu enxergar. Minha capoeira é arte antiga mas nunca que amarelou, como nas tais fotografias.

Feira

Ninguém não vive sem uma fé. Pode ser em um deus ou em dez. Não sei. Nunca fiz menção de contar não. Tem quem acredite em breves, figas, terços. Tem os que se apegam com santos, rezas, promessas. A mandinga está na fala ou na sola de um pé. O que sempre me valeu foi a intuição. Mandingada é a arte de manter o tino justo no improvável. A hora do besouro é incerta e vigorosa. E ai daquele que deixar olho no caminho do peste. Besouro arde de ficar roxo! Capoeira é magia grande. Sempre fui homem cumpridor das minhas obrigações. A mim ninguém não atenta. Eu é que sou o capeta!

Dia de feira é dia de cheiros e encantamentos. São cores, tomates, barracas e gente gritando pregão no meio de peixe, camarão seco, galinha. É dia de vender dendê, pimenta, azeite doce, quiabo. Comprar uma cabaça de arroz, uma terça de farinha, um tasco de sabão. E tudo naquela confusão de gentes, limões, toucinhos. Tudo misturado, linguiças e trocos. Tudo mercadoria. A feira era armada todo dia de sábado num intrincado cruzamento de ruas onde vez que outra se deixavam as oferendas para o que come primeiro. Não era raro os barraqueiros chegarem na madrugada com seus caixotes e balaios de pitanga, caju, rapadura e encontrarem ainda ardendo em velas a fé do povo do santo, da gente do candomblé. Havia nesses dias que se pedir licença em antes de montar as barracas e exibir as mercadorias. Porque era da tradição, era da lei, se temer e respeitar o que com sua grande boca come de tudo que há. Foi justamente isso o que Chico Feio não fez naquele dia, vexado que estava com o peso dos peixes no seu balaio. Foi o seu erro.

O homem magríssimo baixou já no fim da feira. Uma argola no nariz e, na cabeça, um gorro comprido que só. Uns olhos vermelhos, a modo até que ele pertencesse a um lugar onde nem pagão não era enquanto lhe bater um coração no peito. E já chegou criando caso, reclamando. Botando o dedo comprido nas verduras, furando as frutas. Arreliando história, preço, procurando um pé para a discórdia. Sua boca se rasgando de xingar os feirantes. Até que enganchou em Chico Feio, o da barraca do peixe. Arengou com o barraqueiro o justo e o injusto, tanto se lhe dava, só no tento de caçar o ponto fraco de Chico. Nem tanto pelo estranho, que vi logo que sabia se defender, mas pelo meu compadre, resolvi me meter. Ele era meu camaradinho, companheiro de zoada, voz boa para cantar em roda, mas depois que sua perna desfirmou de pisar por doença, que tenho para mim que foi encomendada, ficou imprestável para a capoeira e para a confusão. Tinha que defender ele, sim senhor, porque já se adonava dele uma indignação justa mas perigosa, a de responder os provocamentos do estranho. Enfrentar aquele um assim sem magia era pura imprudência. Compadre Chico precisava de ajuda. E era minha obrigação. Precisava parar ele de qualquer jeito que fosse.

Duas porradas bem dadas. Só isso. Foi o que bastou para eu botar por terra qualquer mais imprudência de Chico Feio. Entendo disso. Entrei por baixo na meia-lua e só desequilibrei ele mas, antes que o compadre caísse, bati de com força bem no meio dos peitos, na raiz das costelas. Chico Feio arregalou os olhos de nem ter visto de onde veio o pau e ao cair relou de leve a boca na borda do prato da balança que usava para pesar as mercadorias e às vezes para dar umas roubadinhas nos fregueses. Foi aí que ele sangrou um pouco. Mas não foi coisa feita para machucar não. Foi uma porrada de amansar só. Quase um carinho. Isso se a gente pesar as minhas razões em outra balança de feira que não a de Francisco. Gente minha eu protejo. Nem que seja debaixo de porrada. Com aquele um do gorro de bico ninguém devia de se meter não. Ainda mais se não estivesse em dia com as suas obrigações. Fiz isso também porque já tinha notado com o outro olho que o delegado e seus acapangados vinham bem vindo pelo lado da rua do Tombo, onde assentou tabuleiro a negra mina por nome Florinda e seus olhos bem acesos de filha de Iansã que ela era. Eles vinham já na intenção de Chico e do homem vestido de vermelho e de preto, avisados por alguém ou pelos gritos da discussão dos dois. Comprei logo jogo com o perna comprida e ele me olhou no olho. Vi que a confusão ia ser grossa. Assuntei o estranho e acabei de crer que ele também era feito nas artes do ardil. Deixei ele se espalhar na praça, no meio do povo que ajuntou logo em volta. Delegado Veloso vinha na frente, seus homens mais atrás, retardando o passo para desalcançar o frege. Se tinha alguma coisa que eles não gostavam era de se meter comigo. Eu com eles nem. O caso do compadre estava resolvido, ele dormia a frouxo no colo de Florinda. Agora o assuntamento era com o senhor de todos os caminhos, o travesti do tempo, o enganador. O que comanda o passado com as artes que ainda vai aprontar.

Meu Ogum às vezes vem só pelo arame esticado na verga onde se amarra a cabaça para encantar mandinga forte. De modo que bastou o berimbau de Quincas tocar a cavalaria já meio atrasado para se dar a magia na qual sou versado e também me esparramei nas artes. Mas tudo no respeito, sem relar mão nem pé no estranho. A capoeira dele também era grande. Coisa poderosa é a arte de meu Deus. Olodumaré é um. Todo o resto neste mundo são as diferenças e as encruzilhadas onde Exu arma sua barraca. Nem estranhei nada mais não. E foi golpe e foi floreio. Foi rasteira, foi bicuda, foi aú e foi macaco para todo lado. Armada é golpe rodado de perna e de corpo. Martelo não, mas também é para dar com o pé. Armada com martelo é golpe avoador de espalhar gente e abrir espaço. Sobe um pé e logo depois o outro, e o corpo fica suspenso no giro enquanto as duas pernas riscam o perigo no ar. Golpes assim o estranho que tinha a cabeça desmedidamente comprida deu uns dezessete, encarreirados, enquanto espalhava pelo ar a sua gargalhada astuta e fina de homem dama. Nem descurei de nenhuma intenção dele no meio daqueles rodopios. Nem do berimbau em que o Quincas tocava um São Bento grande, na manha de embalar os movimentos que o ar fazia em volta das nossas pernas. Tudo isso era a capoeira mais encantante que jamais joguei em qualquer tarde na vida. Mas atentei no delegado só o instante de não perder o olho no pé esquerdo do enganador. Foi o que bastou. Distraí. Meu olho errou o pé do estranho umas duas vezes e ele ficou rindo com seus dentes dourados todas as outras maldades que poderia fazer antes de terminar a briga. Não me fez porque simpatizou com minha ousadia, ou reconheceu o Ogum que me protege. Quem vai saber.

Só sei que foi bem nessa hora que o delegado Veloso surgiu de repente entre as duas barracas que derrubamos para abrir mais espaço. Seus acapangados tomando posição nos becos. Tudo de parabelo e garrucha. O homem da argola no nariz se esmerava e esmerava nas suas artimanhas. Ninguém pode querer dar um bote sem pagar jus à cobra. E eu já arrastava a barriga no chão naquela hora. Foi assim que o olho do encantado combinou tudo com o meu umbigo. De repente. Ele abriu, então, o espaço para o delegado ficar no meio da roda. Botas e rebenque, como o delegado gostava de andar no tempo em que nem era o avô de poeta que seria hoje se pertencesse ainda a esse mundo. O senhor de todas as encruzilhadas parou numa chamada. Chamada é uma coisa que só os antigos é que sabem praticar no certo da capoeira. Subi miúdo abrindo também os braços na chamada dele. Foi nessa hora que o olhar dele me desescapou de novo e vi que ele olhava era para o delegado. Como já tinha alinhavado tudo mais o homem de vermelho e preto, foi só costurar e cumprir. Puxamos, quase juntos, perna por perna do delegado. Cada um puxou uma. Depois foi que eu avoei besouro no meio dos olhos da capangada. Só a muita valentia do delegado que pôs ele em pé de novo. Mas os seus homens se cagaram todos. O homem da argola no nariz ria novamente o seu riso fino e debochado. As pernas abertas, as mãos nas cadeiras, reboloso. Acho que foi só de prazer é que resolveu acabar de exemplar os homens do delegado Veloso surrando todos em meio a uma prodigiosa multiplicação de mãos e de pés. Quebrou cabeças e caixotes, derramando frutas. Depois amarrou, não sei como, todos eles com os arreiamentos e rédeas da barraca dos couros. Então sumiu numa nuvem de fumaça que se evaporou ainda mais depressa do que ele, deixando todos espantadíssimos e os olhos ativos de Florinda brutamente arregalados.

Ainda me dei ao desfrute de mandar cantiga pros capangas do delegado Veloso, que era homem valente mas que nada podia fazer nem contar tão cedo com aqueles tabaréus tão maltratados. Mandei assim. *Vão brigar com caranguejo / que é bicho que não tem sangue / polícia se quer brigar / vamos pra dentro do mangue!* E me mandei. Tem quem possa achar que é exageramento meu dizer que foi exatamente assim que aconteceu. Mas o diabo é quem duvida. O certo é que qualquer outra explicação para esses acontecimentos carecerá de fundamentos e fé. Esse mundo de hoje é muito desacreditado, meu senhor. É preciso respeito para se viver uma vida justa nesse mundo de meu Deus. E fé, porque ninguém não vive sem uma. Outros morrem porque não desconfiam ou dormem apenas como era o caso de compadre Chico. Ou, o que é pior, vivem uma vida triste e sem mistério.

São João

Festa no interior é cuscuz e bandeirolas, beiju e foguetório, pamonha e deputado de porre bolinando filha de coronel. Não gosto de deputado. Nem de coronel. Nunca gostei. Também não gosto de dono de feitoria ou de cartório, nem de polícia. Gosto mais é de festa. Acaçá, paçoca, mingau, bolinho, mungunzá com canela e cravo, tudo isso eu gosto. E o mais que meu coração partilha com os de fé e os escolhidos ao acaso. Festa é assim. Em nenhuma outra província não se há notícia de festejação de Natal maior do que o São João no meu interior. Fogueira, e batata-doce, e bolo de mandioca, e doces de cajá, tamarindo, caju, cocada, quindim, milho assado e refresco de pitanga, e tome polca e aquele fuzuê de dança puxada no fole, que é outra coisa de não se faltar em festa assim.

A filha mais nova de coronel Venâncio já estava passando da idade de se casar. Mas nem se dava de ceder uma dança que fosse para o doutor Germano Passarinho, que era deputado provincial e tinha vindo da cidade da Bahia especialmente para a comemoração em honra do senhor de engenho que era dos mais ricos do Recôncavo. Mais por causa dos beberes, como já se via pela sua alegria, do que dos comeres, que começavam a sobrar no seu prato. E a cada polca tirada nas sanfonas e rabecas, nhazinha varria o terreiro com a barra de sua saia rodada, pendurada no pescoço de um. Menos no de doutor Passarinho. Ele tomava então outro aluá com gengibre e renovava a esperança. Aquilo foi indo. Até que os olhos de doutor Passarinho foram ficando embaçados de aluá ao mesmo tempo que um afogueamento ia consumindo sua alma impura e cheia de desejos por quem facilitasse. Nhazinha com seu jeito danado de sonso ia mantendo o interesse de mais moços do que só o de doutor Passarinho em torno do seu sorriso. Ele é que foi perdendo a calma de esperar sua vez que nunca vinha com a próxima valsa.

Já se disse que corda sempre arrebenta do lado mais fraco. Especialmente se a caçamba pesasse o tanto que pesava o doutor e suas banhas. Para dar forma ao que tinha figurado com o canto do olho do desejo aceso pela cachaçada, doutor Germano de Oliveira Passarinho se colocou de junto do caminho até a casa, por onde a filha do coronel, assim como as outras mulheres da festa, iam e vinham para se desapertar do que os homens faziam atrás das árvores mesmo. Nhazinha nem viu quando o doutor se aproximou dela por trás com aquele olho comprido de quem quer mesmo. Quem viu ele pronto para dar o bote foi a negra haussá que servia na casa. O grito da liberta Madalena saiu seco e rouco, como que nem pela boca, mas só pelos olhos arregalados e pelos cabelos vermelhos espevitados onde se pendurou o espanto da cena. Foi o que bastou para a capangada de coronel Venâncio se desabalar da diversão no terreiro e correr na direção dos gritos. A filha de coronel Venâncio não sabe até hoje o risco que correu. Porque Madalena de susto não conseguiu falar quando os homens de coronel Venâncio assuntaram o acontecido. Doutor Passarinho é que se aproveitou da desatinação da capangada para acusar a pobre da Madalena pela confusão e exigia aos brados uma exemplação.

Quando me zango viro homem que comeu carne de cachorro quando era criança e já cheguei demasiado tarde para qualquer outra providência que não fosse passar uma esfrega em uns quatro ou cinco. Nhazinha já tinha se recolhido a seu quarto. Madalena é que pagava o pato. Deputado é raça de gente que nunca gostei não. A sanfona já comia solta como um boi fugido festa adentro. O safado do doutor Passarinho já tentava se aproveitar da situação e da haussá enquanto os homens do coronel seguravam ela. Como não pudesse mais se defender com os braços e pernas, seguros pelas mãos covardes dos capangas de coronel Venâncio, nem com as palavras, que finalmente lhe vieram mas que ninguém deu fé, Madalena cuspiu na cara merecida do deputado. Foi quando ele perdeu a paciência e partiu para cima dela. Mas ele não perdeu só a paciência não. Perdeu também a sua elegância gorda e mais dois dentes porque passei ele e mais os jagunços de coronel Venâncio no comprido de minha perna. A confusão se adonou e teve de tudo. Teve quem pegou sua rasteira e foi logo se embora e teve quem viesse atrás de mim pela estrada. Custaram foi de me achar. Só foram dar por mim no dia seguinte de manhã quando eu já estava longe.

Encruzilhada

No dia mesmo, a confusão não foi como contam hoje não. Foi mais. Aquele um foi dia por demais estranhoso a todos os outros que me aconteceram. Isso só agora decorrido o justo tempo posso dizer. Nem contar direito o sucedido não sei. Minha memória é coxa e hoje cada um conta uma história. A honra traída do marido de Isaura não foi o que me alcançou nem antes nem depois da encruzilhada. Isso é certo. Porque ele ficou mais foi com medo de todo mundo em Santo Amaro acabar sabendo dos longos anos e anos de falhas de sua macheza com a mulher, do que com gana de mim. Afinal o que fiz a ele foi até um favor durante todo aquele tempo. Não fosse eu ia ser outro o que havera de passar o chouriço no bem-bom da farinheira dela e ainda espalhar a fama. Não ia dissimular o tanto que dissimulei só de capricho porque ninguém conhece capoeira falador não. Asseguro portanto que não foi nem seu facão nem seu punhal de marido o que abriu aquela avenida larga na minha barriga espalhando tripas, intestinos e merda, tudo pelos chãos da encruzilhada. Mas nem disso ninguém tem hoje mais certeza. Eu é que sei. Sangue meu mesmo vertido ali foi pouco, o resto foi alguém que cagou seus medos na hora em que deram fogo de todo lado.

A tropa da guarda, tendo à frente de seus borrabotas o cabo, me aguardava desde a noite anterior, um pouco afastada da encruzilhada. Mas apenas o bastante para poderem abrir sobre meu lombo, ainda de longe, o fogo de seus bacamartes. Faziam isso por fazer. Mais por obrigação. Porque já sabiam que nada, nem chumbo nem bala, havera de furar o protegido dos santos que eu era. Mesmo desprovido dos meus breves, que a preta Zulmira me havia preparado com o zelo e o axé dos antigos, eles não podiam comigo não. Nem ninguém.

Pela estrada que partia da encruzilhada na direção da cidade vinha vindo na sua carroça de cigano Tadeu Come Gato e suas tralhas. Tinha ido cortar madeira para o acampamento costumeiro de sua gente perto das terras da Maracangalha. Cortou bambu, ipê e cambotá para fazer cabos para as enxadas. Como não quisesse ter problemas com a polícia nem com os soldados da guarda, que já gostavam de implicar com os ciganos, não trazia arma nenhuma. A não ser duas facas de tucum espetadas em duas varas que, de compridas que eram, atravessavam os lados da carroça. Tucum é uma palmeira, árvore que guarda assim como só uma gameleira também sabe, segredos e encantações.

Noca de Antônia veio atiçado pela jagunçada de coronel Venâncio. Eles vieram atrás de mim porque consideraram um desfeitamento sem tamanho ter feito, como fiz, o doutor Germano Passarinho engolir dois dentes como sobremesa depois de tudo o que enjoou de comer na festa de São João, lá no engenho que tinha o mesmo nome do santo. Minha perna alcançou sua covardia balofa antes de ele se fartar nas carnes da haussá por nome Madalena, conforme queria, mesmo ainda depois de todos os seus malfeitos, sua ardileza safada de deputado que era.

Noca e seus acapangados se plantaram por trás das árvores a modo de não serem vistos, mas dei conta deles de longe. O cabo Waldemar e seus bacamarteiros amarmotados em seus fardamentos sujos de cáqui é que demorei mais a perceber. Mas nem isso foi o motivo para tanto dano, porque sempre encarei aquela tropa com um pé nas costas e o outro nas ventas deles todos. Quem primeiro fez fogo foi a jagunçada. Os praças do pelotão de Waldemar, ao ouvir os tiros da outra banda da encruzilhada, deram fogo também. Noca de Antônia e mais dois foram os primeiros a sentir a falta de pontaria dos praças, que erraram acertando onde não deviam, fazendo ele entrar e sair do barulho sem nem dar boi nem boiada. Em mim é que ninguém ia acertar com nenhum ferro não. A confusão encorpou grosso e todo mundo veio para cima, capangas e praças. Tadeu Come Gato, de longe, também não percebia a diferença, só viu a covardia de todos contra um e não pensou outra vez antes de estalar o chicote sobre seus cavalos jogando eles em cima da confusão. Teve apenas o cuidado de desviar de mim com sua carroça. De modo que o que me acertou mesmo foram somente as facas de tucum que furavam o pano, pelo lado de fora da carroça. Primeiro uma, depois a outra. Corte fundo. Fiquei caído na encruzilhada. A notícia se espalhou mais depressa que fogo em canavial.

Naquele dia, não sei por quê, muita gente que tinha um querer ou um malquerer por mim passou naquela encruzilhada. Veio por certo mais gente do que merecia o acontecimento. Veio amigo e veio inimigo. Teve choro e teve vela, duas coisas que quem bem me conhece não ia ofertar numa hora daquela. Teve tudo lá naquela encruzilhada onde fiquei vendo a manhã varar a tarde. Comadre Amália foi uma que eu mandei voltar logo porque mulher se impressiona muito à toa com uma coisica de nada como havera de ser aquele talho. Veio o Gringo e a sua Ana mas não ficaram muito porque logo foram buscar socorro na cidade. Babuíno chegou sem as pressas e saiu chispado também na caça de ajuda. Esse nunca mais vi. Depois foi a Florinda, sem o seu tabuleiro, que se acercou mais Chico Feio e tentaram de um tudo, mas não houve água que matasse aquela minha repentina sede comprida pela vida. Veio a Zulmira, de branco e turbante, e colares de contas, aflita a me trazer conforto. Não fosse eu ter esquecido os breves feitos por ela em casa de Isaura, na pressa de me escapar do tal marido, e ninguém teria me alcançado naquele dia em encruzilhada nenhuma. Só o diabo não veio. Mas mandou seu tenente. Acho que foi de Baraúna, ordenança do delegado, a ideia de enterrar logo meus intestinos espalhados pelo chão em algum lugar longe dali, para garantir que não tivesse efeito nenhum socorro que meus amigos tinham se ido todos buscar. Foi atendido pela presteza do cabo Waldemar da Encarnação Santana, conhecido e amado entre as putas que, é preciso que se diga, o tratavam como a um filho, pelo apelido carinhoso de Vadinho. Foi esse fato, inclusive, o que selou no meu destino a sorte de nunca mais fazer cagada na vida não.

Fiquei ali, naquela encruzilhada entre a vida e a morte durante um tempo de se perder a conta. Mas depois eu mesmo coloquei minhas tripas para dentro, rejuntei o talho com as mãos e fiquei lá aguardando o socorro até a noite desabar sobre as nossas cabeças. Desde aquele dia em diante foi que minha memória começou a se esgarçar como as nuvens em tempo de seca, e a ter uns embaçamentos, como a prataria que se guarda por muito tempo em uma gaveta, sem uso. Depois não lembro. Acho que dormi. Só que sonhei muito é que é certo.

Quando eu morrer...

A capoeira é leveza e pandeirada. Sou criatura que insisti por viver o diverso e o enviesado. Sou homem e sou Besouro. Mangangá é voador e para mim avoar não é falsear com o seguro. É coisa das artes da capoeiragem, e ninguém duvide que é melhor que capengar no incerto, qualquer passarinho sabe disso. Mas que samba também avoa, só quem é mesmo do batuque é que sabe. Sei rima e sei mandinga porque samba também pode ser demanda, meu camarado. Aprendi isso na vida. *Quando eu morrer me enterrem num terreiro. / E deixem meu braço de fora para eu bater no seu pandeiro.* Ora então. Tardo pelas rodas desse mundo faz tempo, todo mundo sabe. De noite, roda para ser boa tem que ter samba. É de lei. Debaixo de berimbau e atabaque, pobres, pretos e mulatos também vazam seus versos. Pisam o chão com outra manha, sem desfeitear nem firula, nem mulher de ninguém não. Conheci samba assim em um quintal na Lapinha, mas não desconheço que mês de outubro sempre teve afamadas rodas, em tudo por igual, também na Penha.

Samba e capoeira, o senhor repare, sempre me dei com a vadiação. Por isso nunca faltei um pagode, um partido, uma calangada que fosse. Onde tivesse uma lira e um gole lá me estava eu fagueirando. Furei foi noites na farra e no fandango. Não era homem de perder um cateretê, um tango, um boizado. Não desfalcava um desfile, um batuque que fosse porque a vida do capoeira é assim. Mas acuda o senhor que *quando eu morrer não deixo testamento. / Deixo berimbau de ouro a quem tiver merecimento.*

O samba, meu mano, é o dono do corpo. E quem aprendeu com tio Alípio a arte do segredo sabe respeitar encanto. Sabe que se adonar de um samba é coisa vã. Ensinei tudo isso assim-assim, tintim por tintim, a meu afilhadinho Serafim. Mas o senhor me creia, a alma do samba é feita de barro e desatino. Nunca criei samba em gaiola, não senhor, como muito catimbeiro se farta de fazer por aí até hoje. Aprendi a pisar mundo na cadência remanhosa dele com o mesmo pé que andei na capoeira. Mas minha alma mesmo nunca que sangrou num samba não. Nem porque não saiba prezar um sentimento, uma saudade, ou a tristeza de uma mulher distante. Não. Mas porque dor de corno não é dor macia, veludosa, como a espuma grossa da cerveja preta que mais se usa para saudar os santos do que para matar minha sede por vadiaria.

Na rua mais sol nenhum não iluminava os bondes naquela hora. O povo vinha chegando da cidade e de outros lugares. Os pardais ainda se farreavam nos oitis da alameda. Só mais tarde a noite ia se derramar sobre os homens e os seus pandeiros. Inclusive sobre o mulato Serafim. O filho de meu compadre Chico mais a preta Florinda já tinha por esse tempo o lombo curtido no orvalho e no sereno. Foi rapaz que vingou na vida sustentado a peixe e a quitute de tabuleiro, que sua mãe fazia com fé para o ganho dela e dos seus. Quando Chico morreu disseram que foi coisa feita. Não sei. Bem pode ter sido conta de mais uma falseta dele com o canjerê. Quem vai saber? Sei que não morreu por faca nem por doença. E a viúva se foi mais logo, em tristezas, sem que ninguém lhe tivesse desfrutado. Acolhi meu protegido porque assim é a obrigação de um padrinho. Sempre fui filho cumpridor. Samba e terreiro, tudo tem sua lei. Levei ele para morar comigo, mas nesse tempo o chão todo de minha casa não era mais que o solame das minhas alpercatas. E o telhado era a lua. Apresentei o rapaz ao samba e ele nunca mais se desencontrou na vida. Lembro de ter ensinado a Serafim naquelas pandeiradas na Lapinha umas boas dumas quadras. Tinha até um samba que dizia bem assim: *Quando eu morrer vai ter vadiação / Vou querer cabrocha boa pra sambar no meu caixão.*

Serafim não quis ficar sem pai nem mãe no Recôncavo e se fez no mundo. Um dia, venceu mar grande em paquete, já muito depois de ter deixado para trás o casario do meu antigo Santo Amaro. Arrastou foi tamanco e foi chinela por várias jornadas, trabalhando avulso em Calçada, em Água dos Meninos. Deambulou por uns tempos na cidade da Bahia, até se dar por notícias de um parente na Gamboa. Então ele se foi. Venceu ainda mais mar cantando, de vadiagem com a marujada. Tanto que desceu no cais sambando. *Marinheiro samba em terra / Sereia samba no mar*, que é como vige esse samba na capoeira. E logo se apegou com uma carioca. Chegou a morar de aluguel com ela num sobradinho na Saúde. Vivia de frequentar umas rinhas e uns terreiros no Santo Cristo. Era homem atento aos bons costumes. Perrengou em profissões incertas, mas nunca deixou de levar seus sambas para benzer todo ano na Penha. Minha alma veio com ele e habitou por largo tempo por lá. Depois frequentei uma água-furtada na praça da Harmonia. Foi só. Minha vida se passou num assopro porque eu levei ela na flauta sim. E daí? Por isso *quando eu morrer não quero choro nem nada / Eu só quero ouvir pandeiro na roda da batucada*.

Samba assim nunca vai ter dono. Deus haja. Porque nem passarinho não deixa de ter coração vadiador por causa de gaiola. Quem tem o dom para o samba não ciúma, mas quem não tem quer ciumar. Repare o senhor que isso se deu em um quintal na Penha durante o mês da padroeira, mas Serafim era um santamarense arretado. Era cobra no samba. E não é ofício mesmo de cobra encantar passarinho? Acompanhe. As pessoas iam e vinham, armavam os piqueniques ao pé da escadaria. Ia chegando e rejuntando gente. Quando chegou a noite, a lua já vencia de alumbrar suas pratas sobre as poças-d'água. E a gente se esgueirava pelas vielas, pisando o chão com indolência e pirraça. Gingando e fazendo visagem, até se achegar nos becos e tendinhas. As mulheres vinham depois, vestidas com seus desejos. Não faltava malandro e nem quem pagasse cerveja. Todo mundo no fino da fatiota. Serafim, veio ele mais dois e ainda trouxe o berimbau para brincar na troça. E encontrou gente da alta, sambadores conhecidos, malandros de falsa linhagem, compositores. Gente de alta nomeada misturada com valentes, farsantes e transeuntes. Tarde da noite é assim. Mas vem a hora em que o samba é quando a alma da gente coça com os dedos as cordas de um cavaquinho e quase chora uma alegria de menino. Mas quase só. Porque samba também é desafio, marreação, revide. Quem não gosta de quiabo não frequenta caruru. Eu, hein?

Lá pelas tantas um de chapéu de palhinha e suspensório mandou um samba assim. *Quando eu morrer / Não quero choro nem vela / Quero uma fita amarela bordada com o nome dela.* Logo dois caboclos e um mulato quiseram se adonar. Tiraram verso. Cantaram. *Quando eu morrer não quero nem velório. / Paletó engomadinho por cima do suspensório.* Depois tiraram papel do bolso. Anotaram. O branquelo de chapéu palhinha era bom e arrespondeu eles com outra quadra. O samba foi esquentando. O moço pediu uma Cascatinha, cerveja de sua estima e preferência. Chegou mais gente para ver e ouvir o partido. O samba era palmas e versos. Reco-reco e flauta e cavaquinho. Baianas e balangandãs. Os desfeiteados negaram verso. Refugaram e amarraram a cara. Vogava que eles portavam até navalha mas não era motivo para nenhum se desabusar de mostrar o brilho da sardinha para outro malandro assim que nem eles. Ainda por cima pagodeiro. Mas ficou aquele incerto no samba. Noite foi crescendo escura por trás da lua. De repente uma outra coisa cortou o ar perfumoso de manacás. Era a voz manhosa de Serafim mandando verso.

— *Quando eu morrer não vai ter flor nem coroa / Vai ter samba no sereno e batucada na Gamboa* — e depois continuou noite afora e adentro numa orgia de versos e versos, e mais todas as rimas que eu mes-

Fotos do encarte: Paulo Mussoi

BALÉ AFRO-BRASILEIRO:
Toda a plasticidade da capoeira, arte que Besouro dominou como ninguém e que o ator Aílton Carmo reproduziu durante as filmagens

Besouro voa: Entre as lendas sobre o capoeirista, certamente a mais espetacular era a de que ele voava. Fazer isso acontecer "de verdade" foi um dos desafios da produção do filme

A OLIGARQUIA: Na reconstituição proposta pelo filme de João Daniel Tikhomiroff, um retrato dos fazendeiros que dominavam o Recôncavo Baiano, contra quem o Besouro da vida real se rebelou

CONFLITO: Nessa cena, uma visão dos inúmeros embates que Besouro tinha com a polícia e membros da elite do Recôncavo Baiano nas ruas de Santo Amaro

FEIRA DOS NEGROS: Eram assim as barracas nas quais os negros e pobres da Bahia se reuniam em cidades como Santo Amaro da Purificação, onde o Besouro verdadeiro viveu

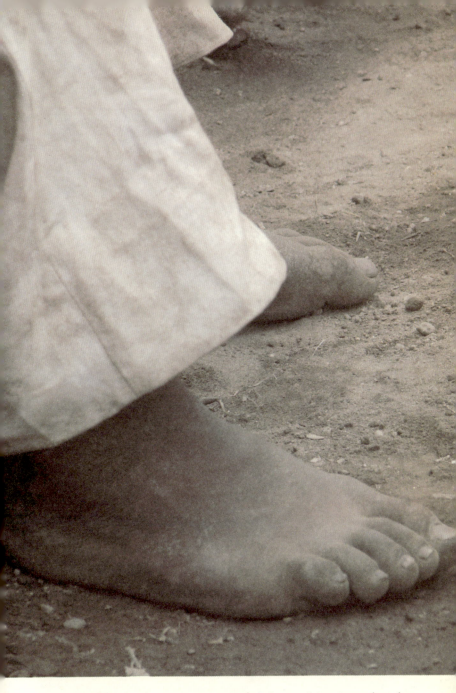

PÉS DE CAPOEIRA: Possivelmente assim eram os pés de Besouro. Sujos, nus e maltratados. 80 anos após a sua morte, os atores e dublês de *Besouro, o filme* reproduziram fielmente as condições em que viviam os negros da década de 20

O ator Aílton Carmo, caracterizado de Besouro, cujos apogeu e fim da vida reconstitui no filme. Na segunda foto, uma maquiagem especial reproduz o ferimento a faca que matou o herói na vida real

BESOURO MANGANGÁ era conhecido por ter corpo fechado, protegido por Ogum, Iansã, Exu e outros orixás. Na foto, a leitura do diretor João Daniel Tikhomiroff para um encontro do herói com Iansã

INICIAÇÃO: A relação de Besouro com as forças da natureza é retratada de forma lírica em *Besouro, o filme*. Na foto, o herói recebe a proteção das ervas medicinais de Ossaim

O ABRIDOR DE CAMINHOS: O ator Sergio Laurentino, caracterizado como o orixá Exu, um dos protetores de Besouro

mo ensinei para ele naquele quintal na Lapinha. Meu afilhado honrou minha Santo Amaro no berimbau e na remandiola. Ele, que sabia todos os versos, se deu às pachorras de improvisar estribilho. O branco não falava nada, apenas se ria de tudo na maior manguaceira. Serafim continuou enchendo a noite com o samba dos capoeiras que trouxe da boa terra. Até que os primeiros raios de sol espetaram as últimas estrelas esquecidas no céu de outubro. Sem ninguém meter navalha, o dia sangrou os vermelhos da alvorada.

— *Quando eu morrer / Não quero gurufim / quero berimbau de ouro, cavaquinho e tamborim. / Quando eu morrer me enterrem na Lapinha. / Calça, culote, paletó e almofadinha.*

Enquanto alguém repentear esse samba que joguei no mundo para não ter mesmo dono, meu coração vai bater contente. Um que chegou com Serafim no samba era Mano Rubem, malandro e batuqueiro que ainda há de se lembrar de outras farras e do mulato Serafim, seu parceiro de sereno e tropelia. Dizem que ele já versejava assim no Estácio muito antes desse dia. Mas como? Ora se assunte que samba de Besouro também avoa, meu mano.

Anjo não

Na vida de todo homem tem ou teve sempre mais de uma mulher. Mesmo aquelas que a gente nem nunca relou com elas num vão de porta não, seja porque elas se negaram ou o marido chegou antes. Mesmo essas eu conto porque só de lembrar já é porque ficou uma marca, uma coisa queimando qualquer a gente por dentro. E é muito o prazer da gente lembrar, mais então ainda quando teve desfecho de festa a peleja. Não entendo, não conheço alma de mulher assim como um homem poeta, desses que se derramam em tristezas e falam enfeitado, assim como quem confeita por cima do onde não tem bolo. Não tenho na minha alma acanhada de tabaréu nem o veneno nem o mel dos que falam de uma mulher que nunca tocaram, com os beiços lambuzados da fantasia do feito. Não me sei assim não. Se falo, e muitinho de pouco, das que conheci enquanto andei neste mundo, é porque gosto do mel e de bulir no pote delas. Um poeta faz sim a palavra da terra. Este é o seu ofício, e o seu valor. Tanto quanto o meu é vadiar pela vida, meu senhor. O poeta inventa, invade, conquista novos territórios para a falagem da língua, que depois a gente ara, capina, aplaina, lixa, esquece no sol, serra, desempena, usa. O povo é o marceneiro da língua. Eu só sei fazer poesia com as pernas, com o corpo. Capoeira. Mas também sou parente do poeta. Somos muito irmãos na profissão de olhar o mundo. No fingir o olho e engendrar belezas nos desvãos do cais, na zona, no porto e além. No depois é que a gente diverge. Eu calo, ele escreve.

Aquela uma por nome de Adelaide podia muito se enfeitar, mesmo, demais, à vontade, que o quanto mais não havera de tirar sua beleza não, como em outras mulheres. Era assim como o mar, que acolhe todos os rios, todas as lágrimas, todas as chuvas, todos os mijos dos que voltam bêbados das festas mas não, nunca transborda. Aquela mulher era um mar. Fosse isso pela cor dos olhos, ou pelo balanço macio de quando passava, feito um vento de mar penteando um coqueiro, fosse também pela rasgação azoada e enfurecida de velas que podia ser quando se enfezava. Sim, era um mar. Ela foi o meu mar, o meu primeiro mar de marinheiro novo. Tão sargaço cheiravam seus pelos embaraçados pelo sempre vento. Nunca conheci outra tão misteriosa. Nunca.

O jeito dele, o poeta, era um todo mesmo muito esmerado de falamansismo que só vendo, gentil, delicado por demais. Se esparramando em muitíssimas finezas, mesuras e aquelas palavras educadíssimas aprendidas com certeza nos salões da cidade alta da Bahia, de onde todos sabiam ele frequentador. Comoveu o mundo dos senhores de engenho de todo o Santo Amaro, sendo que o das senhoras mais um pouco, e ainda uma terça mais o das filhas. Eu é que desconfiei logo que não era nada de anjo porque não avoava não, o tal. O desinfeliz esbanjava e desesbanjava aquele tanto de mesura, aquele tanto de fingida delicadeza, sorrisos graciosos e umas muitas outras tantas arrobas de educação trazida da capital, mas nunca que avoava não, o peste. Um linguarar na cidade lustrava um escândalo sobre ele que já ia se embaçando em Salvador. Logo vi o anjo que ele não era. Adelaide nem. As mulheres têm truques e truques para deixar homem com juízo mole. E a inocência não é um deles. Não lembro é mais agora como se chamava o cantante, o galo novo que se fingia colibri. Cabeça de velho é assim mesmo, deixa a brisa espalhar o pensamento todo, depois mistura ele com as folhas secas do chão, que sobem num manso redemoinho e voltam a cair como só de preguiça mais ali adiante, no mesmo chão. Cabeça de velho não esquece tudo não, porque não esqueci dela. E olha que teve um tempo em que eu quis muito.

Dele eu lembro o terno escuro, os sapatos muito lustrados, a pele branca, branca, que parecia empoada como a das mulheres dos coronéis, que mandavam trazer aquele brancor da capital para esfregar nas faces afogueadas por vontade de chamego. Este bem era o caso mesmo de Adelaide, a filha do João Botica, não com a sua mulher dele, não, mas com a preta Zulmira. Uma muito bonita, que tinha trabalhado anos e anos na casa do botiqueiro e da pobre da mulher, no tempo em que ele morava na água-furtada nos fundos da farmácia. Até que a tal mulher, com os ouvidos emprenhados pelas faladeiras, descobriu tudo num dia de domingo quando voltava da missa. Diz que deu de querer entrar na farmácia fechada de repente, sem nem cismar antes, e descobriu os dois lá dentro na maior descaração que só vendo. Aquele dia foi só o escândalo. Ele morreu foi bem depois. Todos dizem que por veneno. Mas, na verdade, ninguém sabe contar direito. Ninguém sabe qual foi mesmo o veneno que matou ele. Porque o João ficou muito tristíssimo da vida por não poder mais ter a preta Zulmira entre os seus frascos nas manhãs dos domingos. E a mulher dele, alegando o caso, afetando mágoa, sempre se negava. A preta Zulmira foi passar um tempo na Maracangalha com uns parentes. Gastou uma encarnação sem vir à cidade. Aquela tristeza envenenando ele, sempre sentado na cadeira do lado de dentro da farmácia. Sem mais nem pegar sol. Ficando aos poucos meio esverdeado e sem brilho como os seus vidros de preparos. Dizem que ele se quebrou mesmo foi quando soube da preta Zulmira já com seus outros amores, depois de ter tido uma filha, sabe-se lá de quem. Ele triste cada vez mais. Uma dor pode envenenar um homem. Já ouvi cantar em muita roda. Mulher, quando não mata, consome. Só figurei mesmo o entendimento com este caso de tristeza de João Botica. Que se evaporou da vida como o líquido de um frasco de remédio antigo, sem ninguém notar.

Adelaide nunca tinha sido vaidosa porque não precisava. Ademais, a vaidade é menos um defeito do que uma estratégia. Seu coração tenro e novo e, por isso mesmo perverso, não conhecia a possibilidade de recusa. Cresceu em Santo Amaro, cercada pela certeza justa de sua boniteza morena e brejeira de parte de mãe e do pai, que tinha uma beleza triste sim. Mas que cativou a Zulmira por vários domingos, anos adentro. Não passava dia que ela não tivesse que fingir não escutar os elogios que todos faziam diretamente ou apresentavam a sua mãe. Vivia de recusar, para melhor aproveitar o prazer de ser desejada, o amor oferecido por todos com as mais variadas intenções. Até casamento o filho de coronel Neco já tinha proposto. Ela, claro, recusou.

O que abalou mesmo Adelaide foi o jeito vago do poeta, aquele olhar sofrido e desinteressado que não apontava para ela, mas para uma mulher outra. Uma mulher incerta e frágil, que o que levava a vida na dissipação, sem métrica nem outra regulação que não fosse cachaça e rapariga, cantava em versos que brotavam, vastos, generosos, abundantes, como um canavial depois das chuvas. Uma mulher sem rosto, sem nome e de ancas etéreas, como nunca que havera de ser as de Adelaide. A vida de dissipação que escolheu levar tinha uma causa. Uma mulher magra e branca que lhe passou a doença do mundo. O olhar dele flutuava sobre as bodegas e puteiros da cidade do recôncavo, enviesado pelo álcool e pela fome de mulher dama. Soube-se depois, antes de ele voltar para Salvador, e de Adelaide me dar aquele beijo debaixo do pé de jenipapo, que a perdição dele foi aquela paixão por Graça, uma rapariga por nome Engrácia, que morava na casa mais festejeira do liceu das damas de Santo Amaro. Foi outro escândalo na vida dele. As senhoras cochichavam o assunto pelos cantos o mesmo tanto que as raparigas do bordel. Adelaide soube da paixão de poeta por aquela branca leitosa e se azedou dele. E em antes de ficar triste na janela, por dias a fio encarreirados, como roupas de linho num varal, ventou toda uma tempestade na cara do fingidor no meio da praça. Só para piorar as coisas para ele. Antes de o poeta ir-se embora para Cachoeira, onde pegou o vapor no rumo de Salvador e de outros escândalos, Adelaide fez questão de passear comigo de braços dados todos os dias. Todos os passeios passavam pela porta da casa dele. No final da rua tinha um jenipapeiro. Esse é o meu lado da história. Nunca mais soube dele. Mas ainda hoje cantam versos seus com a tolerância de Dindá, toda quinta-feira na zona. Só sei do moço até o dia em que pongou no carro, e não virou mais farinha nem mingau na lembrança de nós todos. Ninguém nem teve dó. Talvez porque acharam que de um que não tem nem asa porque não é anjo, também não se precisa ter pena.

Magia

Meio-dia é que é hora que não tem vestígio. Seja porque não tem sombra, seja porque não deixa rastro. De noite é só o breu ou a luz mortiça de alguma lua misturando nossa sombra com os outros escuros. Tudo cumpre. Mas a melhor hora de se fazer alguma coisa sem ser visto, sem ninguém notar ou se dar por percebido, é quando ninguém espera. Isso aprendi nas rodas, na vida. A gente também pode agir no contraluz, mas aí tem que ser rápido como quem rouba. Sempre que o sol estiver de um lado, vai ter uma sombra do outro te denunciando. Um capoeira quando é bom caminha maciinho dentro dela, na sua direção, no seu sentido, para não ser notado, e age depressa mesmo, bem depressinha, sem dar nem tempo de a sombra acompanhar gesto nenhum não. Tudo isso fui aprendendo assim no remanso, na vivência, no cada dia. Por isso esperei aquele tanto pela hora certa e me escafedi. Os morcegos do delegado Veloso vieram atrás, no encalço, mas minhas pernas já tinham ganhado o chão da estrada. Fui. Meio-dia é hora que ninguém, nem poeira, se anima de levantar debaixo daquele sol danado de cachorro que às vezes faz em Santo Amaro. Por isso é que acho que nem notei a poeira que não levantou com os jagunços do coronel amontados nos seus cavalos vindo na minha caça, avisados pela linguarudice comprada de Baraúna. Eles também nem notaram quando pensei rápido que os morcegos não iam desistir assim tão fácil e já deviam vir vindo logo atrás e então adentrei fundo no bananal que ladeava a estrada.

Banana é fruta sim, mas bananeira não é árvore não. Nem aquele bananal era dos maiores. Ora veja. Banana é fruta saborosa de encantar sanhaço, que a gente come até sem farinha. Já uma bananeira pode ser e é aquelas todas folhas farfalhando as fantasias dos meninos, como cabelos no ventinho da tarde, assim como aqueles troncos macios, feitos de folhas e folhas por cima umas das outras que os meninos furavam de canivete, podiam ser mulheres. Mulheres muito macias e abusadas. Mulheres lindas e gentis que nos cediam seus favores e deixavam a gente meter nelas até a gente se saciar na ciência de conhecer a sede mesmo de mulher. Mulheres faceiras e misteriosas, como toda qualquer mulher sabe ser. Tantas tardes, como depois as noitadas perdidas em puteiros, a gente não gastou no bem-bom do relar com elas. Se bem que tenha quem possa bem preferir banana, naquela hora de perigo foi que pus sentido então. Bananeira pode ser mulher tão linda, tão formosa, tão dama, tão mais gostosa que a fruta banana que ela carrega, e repare o senhor que não tem homem que não ache mulher melhor do que banana. Quem sabe, então, era porque homem também podia ser bananeira. Quem sabe elas não careciam da companhia que eu pudesse fazer para elas ali naquela hora, tantas tardes, aquele tempo todo, lá tão sozinhas. Ora pois se não. Então fui me encantando de ficar ali no meu quieto, paradinho, de pé, sem nem falar nem respirar, porque planta nenhuma não respira, deixando até o vento fazer carinho no meu cabelo como nas folhas das bananeiras. Porque era preciso, nem reza forte como a ocasião requisitava não podia proferir em voz alta. Só repetia das orelhas pra dentro a invocação que conhecia do dono do ardil, o que mata um pássaro ontem com a pedra que atirou hoje. Laroiê. E ele ventou nas folhas das bananeiras a rezação de fechamento que faz sempre os meus inimigos terem pés que não me alcançam, mãos que não me tocam e olhos de não me ver. E quantas sejam sempre facas e espadas, sou filho de Ogum e todas se quebram sem o meu corpo tocar, cordas e correntes arrebentam sem o meu corpo amarrar, e assim me vestiu com as suas roupas e as suas armas porque sou filho do senhor da guerra. E fiquei assim nessa fé durante tanta, tanta, mas tanta raça de tempo que eles, os jagunços e morcegos, entraram, vasculharam cada palmo do bananal e saíram sem nem se dar por mim. Um homem como eu tem artes. Todo mundo sabe. Mas foi naquele dia que aprendi que quando procuram homem então o melhor é a gente ser bananeira.

Mas já lá fora, na estrada, os jagunços do coronel e os morcegos não se deram por achados não. Nem o sargento, nem Noca de Antônia, que era o chefe da jagunçada braba do coronel, não acreditavam que eu pudesse ter escapado de dentro do bananal cercado desde lá de fora pelos seus quase trinta homens e esquadrinhado pelos outros todos que entraram. Eles não sabiam nem nunca vieram a saber depois, mas estavam certos. Desconfiaram sim. Porque Noca de Antônia já ouvira falar das artes, desde o tempo em que teve ele mesmo que dar combate aos negros rebelosos do engenho do coronel que agora alugava a maldade dele. Isso foi ainda no tempo da escravidão porque esse um era coisa ruim desde antes, desde sempre, curtido na maldade das antigas. Foi ele que ventou minha fama para os outros com aquela resmungação por entre aqueles dentes estragados dele. Besouro era o cão, imprecava. Foi ele que disse depois bem alto para quem quisesse ouvir que eu era virado na arte de virar planta, folha, tronco e que para virar bananeira era só um pulo. Foi ele que deu a ordem. Que cada homem voltasse e procurasse bananeira por bananeira, que ele não havera mesmo de arredar pé dali enquanto não pusesse as suas mãos no meu abusamento de ter lixado a cara de seu homem-tenente. Foi aí que ele mentiu. Falou bestagem. Porque a verdade é que capoeira não é a arte de se fazer o que ninguém espera na hora em que não tá contando? Já não disse? Ora então. Quando procuram homem é melhor a gente ser bananeira. Isso eu já sabia. Mas quando procuram bananeira então é melhor a gente virar homem de novo. Foi assim que foi. Eu desvirei homem de novo no meio da jagunçada e fui logo saindo do bolo sem correr nem andar depressa pela estrada afora para não despertar suspeitamento. Noca de Antônia, se fosse um homem mesmo de palavra, ainda havera de estar lá até hoje me procurando então. Mas nem.

Enterro

Quando eu ainda não era nem menino nem parafuso eu não sabia, porque não nasci sabendo, que isso ninguém nasce. Vai se percebendo tudo aos poucos, de mansinho, que devagar também é pressa, e saber não é feito samba nem passarinho. Tomei muito sol e muita chuva antes, e depois em outros dias. Mas foi naquele que percebi mesmo aquelas quantas coisas. Verdade que só bem depois de que Iansã fartou-se de desfolhar árvores e guarda-chuvas e que levou até meu chapéu com seu vento. Mais tarde, quando as pessoas já correram apressadas com jornais e notícias alarmantes na cabeça, e que ela molhou com sua chuva mais também tudo que era carro, criança ou viela, e ainda encharcou as roupas esquecidas nos varais. Aí é que eu atinei. Já bem quando os meninos vieram brincar nas poças é que dei por mim. Ela estava sentada, fartada e feliz, debaixo da copa da jaqueira, que amamentava com o seu leite de árvore, mais que os fartos frutos e os pingões grossos que se penduraram nos seus galhos e folhas depois da chuva. Neste momento é que passei a saber mais firme e mais conforme que ainda gostava muito era de vadiar e me esparramar na brincadeira das artes, e de chapinhar na água da chuva e fazer barquinhos, mesmo já sendo e tendo sido homem feito que fui por tio Alípio, ou talvez por isto mesmo. Porque ancestral é velho e é menino. Ora veja.

O enterro se deu depois da chuvarada. Só mais quando as cigarras vieram de se consumir na doideira de chamar o sol, que veio depois trazendo o arco-íris, o resplendor da natureza, aí é que me abalei com a serpente encantada a rastejar no ligeiro, entre a cor e a luz. Iansã veio então se mirar nas poças que refletiam as cores da cobra. Meu olhar esbarrou com o dela justo no fundo da água morna parada da chuva que ela tinha chovido e ventado antes. O que estava se passando comigo? Poder olhar, olho no olho, a dona das nuvens escuras havera de ter algum sentido mas durou muitíssimo para eu figurar qual fosse. Mesmo abrandado pelo reflexo nas águas que ela caprichosamente empoçou enquanto ventava a tempestade, o seu olhar era severo e poderoso. A senhora dos panos vermelhos me acenava. Por certo havera de ter alguma coisa a me dizer. Por isso estava ali. Mas o quê? Foi um dia especial este em que Oyá Iansã entupiu bueiros e emudeceu telefones e lavou muitas almas e eu aprendi aquelas tantas coisas. Eparrei! E ela se moveu com vagar e firmeza. Tinha uma expressão grave e guerreira. Foi Quincas quem susteniu o berimbau no velório, que durou noite adentro, antes, e o resto do dia até no enterro. Ele era ogã, feito no santo ainda rapaz, e filho querido daquela que era a senhora dos eguns. Por isso mesmo é que não havia o perigo de ajuntar nenhum egum no oco da cabaça do seu berimbau enquanto ele cortava o ar molhado da chuva com o arame retesado no justo pela verga feita de madeira certa. A não ser que ele assim quisesse. Entre os mármores e as cruzes lavadas de sol e de chuva, o enterro só não foi mais bonito e respeitoso do que pudera ter sido o gurufim que varou a noite toda animado e ainda venceu a manhã em muitos ritmos até aquela tarde no cemitério.

O sino do único campanário da igreja de Nossa Senhora da Oliveira do Campinho tocou as vésperas. Vindo, só agora sei de onde, o som do gã veio rompendo e rompendo, ferro contra ferro, um ar que foi se abrindo numa fenda por onde entraram os graves toques dos atabaques. O berimbau de Quincas ainda acompanhou nós todos até depois da rua. Desde o dia na feira em que tive de amansar Chico Feio na porrada e deixar ele dormindo feito um inocente no colo de Florinda para defender ele de algo pior, uma qualquer coisa minha ficou ligada naquele berimbau de Quincas. Só agora ia entender o quê. Ninguém me viu tomar a frente e sair seguindo e pulando poças até o terreiro, onde a preta Zulmira e minha tia eram das mais garbosas entre as madrinhas das iaôs. Atrás de mim veio a gente da fé e veio Licuri, Dendê, Gasolina, Doze Homens, Siri de Mangue. Todo mundo. Mas porque não podiam mais, ninguém me viu. Vieram todos mais eu e Neco Canário Pardo, um que era muito esmerado na arte de atirar facão. Todos até o terreiro. Quem era de bater cabeça ou tambor bateu para seus santos e aguardou o início da cerimônia reservada apenas aos mais chegados. Tio Alípio, que conhecia também os segredos dos mortos, só me deixou pisar no chão do barracão coberto de piaçaba depois que as mãos de Quincas esquentaram os couros dos atabaques enquanto ele sustentava nas pancadas do gã a batida certa de marcar o solene e o sagrado. As mulheres não puderam entrar, e até o berimbau do Quincas ficou do lado de fora, encostado no muro.

A mão firme de tio Alípio no ritmo produzia em mim uma consumição danada de dançar e dançar pela primeira vez entre meus ancestrais para saudar a esposa de Xangô que já reinava no terreiro. O olho de Iansã, desviado das águas empoçadas, procurou em mim o respeito. E encontrou mais o filho de Ogum cumpridor de seus deveres que tio Alípio me ensinou a ser. Se antes já nem, depois daquele dia mesmo é que não havera de me negar mais nunca ao chamado respeitoso de um urucungo. O nome antigo que queria dizer tanto verga quanto arame mais cabaça. Oiá dançava sua dança depois da chuva, os braços estendidos para frente a espantar os eguns. Dia de forças poderosas foi aquele. Não sei se o que girou em mim foi primeiro a cabeça ou o corpo. Sei que rompi o terreiro todo varrendo ele em rasteiras, em armadas e floreios diversos. Sempre com a cabeça rente ao chão. Sempre respeitoso. A dama do alfanje encantado me olhou no olho. E não tinha nem mais água empoçada para onde resvalar o olhar. Nessa hora é que vi que os outros todos eram também eguns dançando à roda dela e estanquei. Foi aí que comecei a entender. Egum baba mais se amansa e se cria mesmo é na barra das saias de Iansã. Só acordei que tinha morrido ali, naquela hora.

Quando mais tarde os preceitos foram todos cumpridos e tudo tinha se consumado é que se pôde ouvir de novo o som sentido do gunga, que foi cuidadosamente recurvado outra vez pelas mãos de Quincas e ficou assim feito uma lua crescente debruçada sobre o nem umbigo de um cambotá cortado na minguante. Antes de irmos todos nos esbaldar no quintal de Quincas, tio Alípio veio se despedir de todos e de mim, e percebi uma certa tristeza na voz dele. Foi essa tristeza mesmo que deu corpo à primeira ladainha que ele cantou inaugurando a roda e mais todo aquele encanto. O velho babalaô e o Quincas bem me viram nessa hora, mas só o mestre jogou comigo. E foi daquele dia para adiante que ninguém mais nunca que me viu, nem quando desejei muito. O resto da noite, só quem não quis não ouviu o berimbau de Quincas talhar fatias finas no ar fresco que fez noite afora. Veio Samuel Quero Quero, Cordão de Ouro e Espinho Remoso e todos viram quando chegou Maitá, um que gozou até samba com o seu nome, para amaciar com seus pés o barro do terreiro para aquela roda. Uns teimam até hoje que viram a própria Iansã tirar umas chulas, também descalçada, a modo de deixar o chão mais manso. Tudo quanto era gente do santo ou da feira se viu e se esbarrou na folia. Foi coisa de durar dias. Uma cerimônia como aquela dura muitos, e só fui embora mesmo no último.

Tudo correu bonito e de conforme durante todo o tempo preciso. E mesmo os capoeiras que vieram de longe atendendo aos chamados da fé ou da tradição jogaram e celebraram minha memória na raça e no respeito. Por isso é que ninguém viu quando um besouro furou de atrevido a terra fresca do cemitério antes da vigésima primeira noite despencar seus negrumes por sobre todo o Recôncavo, e ainda dar bem umas duas piruetas antes de vazar o ar escuro e pousar suave no berimbau de Quincas entre as fitas que ele tinha amarrado no meio da verga, e ficar lá até o amanhecer lavar o céu, os corações e a memória de todos em Santo Amaro de Nossa Senhora da Purificação.

Roda de rua

Era o finzinho da tarde. Na beira da rua, berimbau tocou. O que parecia o mais velho se benzeu, saudou o berimbau e também, porque era da fé, o atabaque e, agachado junto aos instrumentos, lançou um olhar para o alto e outro atento em toda a volta, depois abriu a roda:

— Iêêêê!... — e começou a cantar uma ladainha sentida.

Falava de Cordão de Ouro, Siri de Mangue, Canário Pardo, Doze Homens, tudo gente minha. Fui dando por mim. Pus atenção na voz dele. O lamento subia grande impregnando tudo que era ar, folha de árvore, vão de telha, com sua dor e sua força. Na roda da capoeira quem comanda é o berimbau. Tocavam uma angola, mas ninguém jogava ainda. Era só a voz dele e o berimbau. Durasse nossa vida uma eternidade, e eu nunca que ia ter tempo na minha que bastasse para agradecer a meu mestre toda a mágica que ele me ensinou. Capoeira é magia grande. Já não disse? No atabaque o couro de um boi do vento marcava o ritmo que o pandeiro, de madeira de jenipapo, começava a bordar com as presilhas de lata. Couro de pandeiro é de cabra, que eu sei. As palmas nem ainda que enchiam os claros entre os toques do atabaque e do pandeiro. Veio o primeiro jogador, um cabra mais novo, se acocorar ao pé do que tocava o berimbau, de frente para o que cantava. Berimbau é instrumento ancestral, tem que ter respeito, bater cabeça sim senhor. Ainda mais em roda de rua, onde acontece de um tudo.

O mais velho saiu num aú, desenhando no ar com suas pernas a primeira estrela que já apontava no céu. Parecia ele uma estrela também pela luz que seu riso irradiava. O outro veio junto, pernas para o mesmo ar, mas quando pisou no chão viu já a rasteira apontada pelo velho no seu calcanhar. O mestre não deu de dó, ou de respeito, que também se respeita aluno bom. O menino era bom. Todo mundo agora batia palma para eles. O jogo se espalhava em tudo. Vim vindo sem resistir, atravessei nuvem, atravessei trovão. Mas vim chegando de manso em manso, de beira em beira de telhado, para ninguém não me ver, apertando meus breves na mão, pedindo a proteção dos meus. Há muita raça de tempo, desde que tinha aprendido a andar por cima dos telhados sem quebrar as telhas, que não via uma roda começar assim, com tanto sentimento. Os dois agora eram golpes e floreios, naquele ponto do jogo em que os de fora é que acham que é só brincadeira de fingição, mas nunca que têm a coragem não de deixar a caveira na frente de um pé brincoso e fingidor daqueles. Alguém já lembrava uma chula. Os do coro repetiam o meu nome, e de repente as palmas, tudo era eu. Desci na roda vexado para saudar logo o gunga que tocava retesado no certo, e pela mesma mão boa que apertava agora a cabaça contra a barriga dura de educada na manha, na mandingada. Na pressa varei o pandeiro com os peitos, as presilhas acarinhando por dentro o coração. Aquilo também era tanto ou mais até estranho que o dom de andar por cima das telhas, de casa em casa, pelo alto. Aquelas tantas estranhezas estavam era me espevitando naquele tempo. Depois mais tarde é que descobri e acostumei. Saudei, sim, primeiro o berimbau, depois o atabaque, como me ensinou tio Alípio, e aí fiquei por ali arrodeando o jogo. Ninguém nem me notou.

O mestre se retirou para o lado, desfazendo no ar uma pirueta ágil e graciosa. Outro aluno entrou na roda, depois mais outro então. O jogo corria, o mestre batia palmas e ria observando e incentivando os alunos. A noite se fechava sobre a rua. Os que voltavam para casa paravam para ver, com as compras debaixo dos braços. Os alunos se sucediam uns aos outros em armadas, martelos, meias-luas, e era queixada, ponteira, bênção, pisão de frente, tudo assim num floreio de conforme e bonito. De repente um mendigo comprou jogo e aí um que jogava amarrou a cara e fez pouco. Não sei se era aluno. Roda de rua é assim, tem de um tudo. Sei que o tal empurrou, botou pra fora o mendigo. Nessa hora é que me ofendi. O mestre também não gostou mas nem piscou no lance, puxava a cantiga. O coro repetia é Mangangá, é Mangangá. Resolvi dar uma lição no abusado. Berimbau é instrumento poderoso, acreditem vocês, e naquele dia acabei de crer que o coro, as palmas, tudo e pandeiro também é. Recebi no peito a vibração. Aquilo tudo e mais a cabeça do mendigo me chupou para dentro da roda como se eu fosse um miolo de jabuticaba. O corpo do mendigo deu, só nessa hora, uma estremecida ligeira mas ele continuou gingando em falso e errando às vezes o pé, como se estivesse o tanto de bêbado que estava mesmo. Mas não, já era eu fingindo na cara do abusado. Deixei ele crescer, joguei pequeno e, o que foi mais difícil, torto por uns cinco minutos mas nem assim não deixei ele encostar não. Quando deu por si é que eu já tinha puxado a perna dele na rasteira. Mas a arrogância não quis parar aí não. Veio de novo, desabusado e sem respeito. Corri uma volta inteirinha na roda trocando as pernas, pisando em falso só de pirraça. O mestre mandou reiniciar o jogo, e o pé daquele coisa, ruim mal-educado esteve a dois dedos do meu nariz por duas vezes, mas porque fui eu quem botou o nariz lá só para abusar ele. Depois acertei foi uma ponteira nas costelas e dei uma calcanharzada na cabeça só para ter certeza que ele não ia levantar mais tão cedo. Cobra ruim a gente tem que acertar logo a cabeça, meu mestre me ensinou assim. E foi assim que eu fiz. Ele tropeçou e, quando a cabeça acertou e bambeou o atabaque, o ritmo quebrou. Logo as mãos certas ressustentaram o toque do atabaque. Foi só um segundo, mas o que bastou para acabar o encanto. E ele ficou lá no chão estirado e eu de novo na beirola do telhado de sobrado. O mendigo, acho que por causa do exercício, passou mal e vomitou por cima. Em roda de rua acontece de um tudo. Não gosto de gente que maltrata mendigo. Nunca gostei.

Madames

Magia é destino. Varei mundos e raimundos atrás de um para acabar de crer que o meu axé vem de muito longe, das terras dos reis nagôs. Todo esse encanto me atravessa vidas pelo tempo afora e chega na cena no exato momento de ser a resposta para um gesto que ainda não fiz. Magia é veneno. Logunedé é de dois. Metametá. Uma trindade pagã. Um caboclinho das águas, da macumba, e não de qualquer santeria. A capoeira é a arte do índio feiticeiro. Muitas mandingas me vêm desde o Daomé e do tempo do primeiro alafim de Oyó. Os bisavós de Malaquias foram feitos na crença do povo malê. Conheciam outras mágicas. Seu mundo era povoado por pequenos diabos vermelhos e peludos. E o corte de suas adagas e alfanges era também dedicado a um deus tão severo quanto compassivo. Tendo aprendido com os tataravós, os bisavós do moreno Malaquias ensinaram toda sorte de reverências devidas aos antepassados para os avós do menino. Esses, por sua vez, ensinaram com as suas bocas aos pais, que logo que puderam também iniciaram o moleque Malaquias na arte do segredo. Mas a capoeira também é arte antiga. Tem encantações em iorubá que vazaram fronteiras desde antes do tempo das dinastias núbias atravessarem egitos e desertos. Eu mesmo vaguei por muitas vidas sem conhecer nem mulher nem mentira. Meu comum era o inusitado. Vim dar com os costados nas canas e nas ruas de barro de Santo Amaro só por vadiação. Mas depois do dia em que ouvi o berimbau de Quincas tocado com tanto sentimento nunca mais me desencantei. Um dia, encostado no poste numa rua de paralelepípedos na Lapa, olhei para o chão e só vi a sombra do poste, não vi a minha. Nem estranhei nada, meu olho foi contornando a cena.

Ester parecia uma mulher pequena e apesar disso era superlativamente exagerada em tudo. Das cores do esmalte aos cílios negros que espanavam o ar fresco à sua volta. Usava um vestido abusadamente rosa e cintilante, todo bordado em relevinhos e brocados, envolvida por uma fieira enorme de finas penas, que indo do mais claro ao mais escuro, era toda feita também de variados tons de rosa. Aquilo era feito uma estola que se enrolava no pescoço fino dela e, sem se enganchar no gogó, descia e ainda se balançava bem umas duas voltas antes de se trespassar entre os dedos nodosos que terminavam em unhas pontudas e pintadas. O de menos que alguém poderia dizer era que aquilo eram andrajos de mulher-dama. Isso mesmo, puta, mariposa, marafona. Mas vadia não, porque tinha mais honra e valentia que muita mulher. De tão pequena e magra ela é que parecia pendurada na bolsa enorme que trazia a tiracolo. A bolsa era de um rosa mais forte, da mesma cor dos sapatos de salto. Isso era coisa de rameira sim, de andorinha, decaída, quenga, rapariga, catraia braba, ora se. Mas vadia Esterzinha não era não. Talvez fosse exageradamente magra, assim como uma resinha miúda no meio de um pasto na seca. Os ossos espetando ela por dentro, quase furando o couro curtido nas dificuldades da sobrevivência. Fingia retocar o batom ao lado de uma outra, mais alta e mais forte do que ela mas também vestida com esmerada extravagância. Essa tal se chamava Dalva e usava um vestido azul-marinho, sem alças, que ofendia as leis da gravidade para terminar em dobras suaves sobre umas meias de renda, com uns dois fios visivelmente corridos. É de se desconfiar sempre de mulher que tenha gogó, como era o caso dessa outra uma também. Um colar de contas de vidro leitosas e azuladas, que se intercalavam com outras amarelas, se ondulava por entre as geografias do que parecia ser o generoso contorno dos seios da madame. Parecia. A pele morena de Dalva contrastava com o brancor da de vestidinho rosa que, da distância em que estava, assemelhava ter até uns azuladinhos no queixo fino.

Foi aí que me desencostei do poste sem que ninguém notasse, porque vi que ia ter confusão. Ao lado das duas, conversando animado, fumando sem piteira mas com a mão solta, abanando de vez em quando o ar num movimento medido e delicado, um homem baixo e atarracado, de calças imaculadamente brancas e justas, e de camisa listrada. A sua boca era larga e vez que outra arreganhava toda a sua cara redonda e mulata numa gargalhada debochada e alta. As outras riam e meneavam o corpo e a cabeça junto com a dele. Para mim, se perguntassem, eu havera de dizer que eram duas fandangueiras, duas galinhas de aluguel, que fiavam uma conversinha trivial com aquele adamado. Sim, porque decerto era falso ao corpo aquele um. Mas como ninguém me perguntou nada ali no camarim de piranha que era aquela beira de calçada na Lapa hora daquela da noite, guardei minha boca para comer farinha.

Pois foi justamente o que não fez o cabo Roque. Ele veio se chegando devagar até a de vestido rosa, que tinha dobrado a esquina e se afastado um pouco da morena e do cara de camisa listrada. Pensei primeiro que fosse para arrumar as roupas de baixo porque ela suspendeu a barra rendada do vestido até a altura da virilha e, apoiada atrás do poste, abriu as pernas e ficou lá naquela posição muito da estranhosa para uma dama, ou para uma mulher-dama que fosse. De onde estava não dava para ver o ela que fazia. Se fosse um homem era bem possível de alguém dizer que estava era mijando. Mas eu não disse nada nem queria me comprometer num caso que nem tinha começado, nem era comigo. Só não me dei de caçar hora de sair de cena. Fui ficando. Roque assuntou a moça-dama em voz alta, se fazendo acompanhar do outro soldado, também de cáqui e capacete. Depois se dirigiu a ela naqueles termos. Dirigir é assim meio que um modo de falar, porque ele foi logo é descendo a borracha, no que teve o adjutório prestimoso do outro meganha. Essa ajuda consistia em ele ficar de fora mas com a mão no cassetete olhando, ora para o frege, ora em volta. Mas nem teve tempo de se dar conta da tal de vestido azul-marinho mais o mulherzinha que estavam logo ali, mais além, depois da virada da esquina. Esterzinha gritou, ganiu esganiçado como o animalzinho buliçoso mesmo que era. Sua voz desusadamente fina cortou o ar fresco da noite como uma navalha, proferindo toda sorte de cabeludíssimos palavrões e impropérios. E cortou a cara do cabo com o salto fino do sapato rosa, que tirou tanto para correr quanto para dar no polícia. O soldado, quando viu o sangue escorrer pela sobrancelha e se espalhar pela cara do superior, tomou seu lugar na exemplação da gazelinha, que a essas alturas apanhava mais que cachorro de bêbado. Foi nessa hora que chegaram correndo o tal um de camisa listrada e a morena Dalva. Eles estavam muito revoltados com a covardia com a sua amiga. Até eu, que não tinha nada com o peixe, também estava. Dalva já ia tirando o sapato, arregaçando o vestido e partindo para dentro. O mulato atarracado é que não deixou. Tomou as dores ele mesmo com os dois. Com sua voz de cana rachada berrou, tanto se lhe dava como se para cosme quanto para damião. Dali para frente o barulho era com ele. Os dois meganhas nem se abalaram não. Continuaram baixando a borracha em Esterzinha com cada vez mais gana e afinco. O mulato de calças brancas então se meteu entre a tal zinha de rosa e os dois, mãos nas cadeiras, num rebolado enfezado, e gritou com aquela voz de falsete que era para baterem nele.

— Batam em mim, seus arrombados! Batam em mim, seus bostas!

Foi o que bastou para que mais dois guardas, atraídos pelos gritos, chegassem na cena correndo esbaforidos, vindos da outra rua. E foram logo tomando rasteira do Madame, já inteiramente à vontade, espalhando suas firulas pelas pedras do calçamento e porradas nos polícias. Ouvi o som de uma sirene ao longe. A confusão engrossava, pegava corpo. Chegaram mais polícias. Não que o homem dama parecesse precisar de ajuda alguma. Nada. Dava testa aos macacos com a facilidade e a desenvoltura de quem sempre esteve acostumado àquilo. Capoeira é mais. Mas as outras duas damas estavam encurraladas pelos polícias perto do poste onde a tal uma tinha mesmo, o senhor me creia, mijado grosso.

Nunca que gostei de covardias. Resolvi aderir ao frege. Não sei por que mas meu espírito se encantou mais com Dalva, talvez porque ela era filha querida de Logunedé, como Malaquias, e até frequentava um terreiro no subúrbio. Talvez porque o meu Ogum estivesse de frente. Quem vai saber. Ou quem sabe se porque na nação dos bantos Logunedé é Ogum. Não sei. Sei que foi a primeira vez que desci sem ser invocado por um berimbau. Mais pelo raivor que avermelhou o branco dos olhos dela, deixando as suas duas íris azuis quase afogadas no ódio e clamando por uma exemplação. Sou versado também nessa arte. Confusão, pancadaria, exemplação. Tudo isso é o território por onde meu Ogum vaga certeiro e atento. Nem precisou de mágica ou de cumprir preceito nenhum naquela hora não. Ester só se deu pelo fantástico dos acontecimentos quando um corrupio subiu e desceu pela espinha de Dalva. Já era eu sendo sugado e me encaixando nas pernas e braços musculosos da morena, de seu corpo e de sua cabeça bem alimentada pelas justas oferendas. Foi quando então pude notar que Dalva não tinha peitos, nem seios, o que fosse. O enchimento que habitava no lugar dos peitos dela avoou na calçada, desapertado na pancadaria. Esterzinha soltou mais gritinhos esganiçados festejando a entrada da morenaça na briga. A mulherona sem peitos entrou rindo e foi logo espalhando três cabras com uma rasteira. Quebrou o salto nos dentes de outro. Mas aí já era eu fazendo minhas maldades. As contas do colar de Dalva se espalharam como bolas de gude feitas de pedaços azuis de lua e rolavam na calçada com as outras amarelas. Os meganhas é que não gostaram porque se escorregavam nelas o tempo todo e ralavam a cara nas pedras do calçamento mijado. E quem caía era logo contemplado com um bico bem dado nas costelas que tanto Madame quanto eu, vestido com as pernas duras de Dalva, distribuíamos numa profusão desestudada mas de movimentos conformes. E era aú e era macaco. E era armada e era martelo rodado. Tapa na cara, piada suja, cuspe, meia-lua. Nem vento piava. Minha mão desabotoava os dentes dos beiços dos soldados, o melado escorria dos seus narizes. O homem dama escovava dois, três de cada vez. Ninguém dali venceu de relar mão nele não.

Malaquias era ogã na religião de Dalva e também frequentava o terreiro no subúrbio. O mesmo terreiro, no mesmo subúrbio. Mas em dias diferentes. Tocava atabaque e batia o ferro no gã dentro do ritmo da roda no terreiro do mundo. Malaquias também era da capoeira. Eu só estranhei o sério depois, quando chegaram mais viaturas e canas de uniforme cáqui. E o Madame e a Dalva jantando todos na porrada. Mais polícia do que gente na rua, distribuindo confusão e cacetadas. A confusão se adonou do mundo. Foi quando Madame abriu espaço no meio do fuzuê encarreirando dúzias de aús rodados e grosa e meia de golpes sortidos. Capoeira é a arte de meu Deus. Depois, sempre com as mãos nas cadeiras, o mulato requebroso descuspiu os piores palavrões nas fuças de todo mundo antes de se apresentar para os meganhas que ainda não tinham tido coragem de descer do caminhão espinha de peixe.

— Eu sou madame, seus bofes! Mas sou Madame Satã! Madame Satã, entenderam? — depois disso um silêncio atravessou a noite da Lapa como uma avenida. Os meganhas foram se assuntando. Os que estavam mais afastados é que se escafederam primeiro, mancando pelas ruas, vielas e pelos becos escuros carregando suas fardas cáquis rasgadas e suas costelas quebradas. Depois os outros é que se mancaram e também foram se deseditando da cena, de fininho. Só ficaram uns pobres oficiais na calçada. Tão assustados que não se atreveram nem de fugir. Madame então saiu pela porta da frente da confusão andando com calma. Rebolando seu andar gingoso. Nem suor vi pingar de sua testa. Apavorados, os oficiais aguardavam o fim daquilo com seus fardamentos rasgados, para fora das calças borradas de lama, de mijo, de sangue ou de bosta. O Madame só não comeu eles tudo na rasteira para não se abusar do respeito. Ainda no corpo musculoso de Dalva bati a cabeça para ele. Satã então foi embora. Também me avoei besouro na direção da luz mortiça do poste. Malaquias é que não entendeu logo por que sobrou sentado no chão, só de cuecas e a meia com os dois fios impecavelmente corridos. A peruca tinha perdido sua cabeça. Não me perguntem por que, mas Dalva era Malaquias nos dias de ogã e de roda no largo da Penha. Malaquias era Dalva nos outros dias de ir ao terreiro ou de ficar na rua fazendo michê. Os mistérios não se dão a explicações. Mais ainda os de Logunedé. A trindade pagã no corpo de um. Malaquias entendeu sua Dalva e mais minha natureza, que era a sua também. A de gostar de confusão. Desde aquele dia em diante os dois passaram a ir juntos, nos mesmos dias, cumprir suas obrigações no terreiro do subúrbio porque eram a mesma pessoa. Antes de ir Ester ainda fez sua marca com a navalha na cara abusada do cabo. As duas, ou os dois, tanto se me deu, tanto se me dá, foram embora abraçadas, as putas mesmo bateram palmas do outro lado da rua.

Padre Vito

Padre Vito era um italiano de barba e batinas pretas e, por muito zeloso de seu povo que era, se fez querido até mais de perto por muito mais que umas quatro baratas de sacristia, que eram as futriqueiras das mais das profissionais de Santo Amaro da Purificação. Era um homem agrandalhado, de voz forte de cantar lamentos e glórias, sempre para um deus que nunca dançava. Tanto na igreja aquela quanto na capoeira — aprendi naqueles dias entre velas e berimbaus — é sempre grande a alma de quem canta. Apesar do tamanho da alma, que fazia dele um homem tolerante, o padre nem nunca tinha gostado muito dos capoeiras, pelas zoadas e arruaças, e menos ainda dos da outra fé, que também tinham atravessado todo um oceano e outras mais tormentas, antes de rebrotar aqui e se desdobrar em tantas falanges.

A igreja era uma construção de muitas pedras e alturas. E os passos das gentes ressoavam e se perdiam pelas suas lajes e grandezas quando se passava por baixo das naves. Muitas abóbadas, espaços, arcos, largos, vazios que a fé e a hipocrisia enchiam de vida e de dissimulação sempre nos dias de festa. Talvez por isto mesmo que os antigos acharam, então, naqueles idos difíceis, que elas, as igrejas, tinham sido feitas para abrigar mais deuses do que o um só. Mas padre Vito tinha bem lá suas certezas e não pensava assim não, como os antigos pretos e a velha Zulmira, que vinha até bastante à igreja, sempre sempre assim no seu manso, discreta, procurando até hora que nem tinha missa, a modo de arrematar as obrigações de fechamento para os capoeiras ou quem mais tivesse precisão de reza forte ou benzimentos. Ela me fez até um dia um breve — porque só capoeira não livra a gente da maldade não — que sempre muito me valeu enquanto andou comigo. Tinha oração de Santa Bárbara e de Santo André, dormida no pé do Santo Antônio que ficava num oratoriozinho, na igreja, na direita de quem entrava pela porta da sacristia. Aquele breve tinha também sete folhas que me abriam sempre bem as minhas sete portas, fechando as de meus inimigos. O padre achou que precisava de acabar com aquilo. Não tinha mesmo cabimento, a velha Zulmira ser sabida frequentadora de candomblé e frequentar também a igreja, além de estar sempre metida com seus turbantes, no meio daquele povo que, todo vestido de branco, vinha todo ano em janeiro, mais tio Alípio, na festa de Nossa Senhora da Purificação, para a tal lavagem. Lé com lé, cré com cré, queria o padre. A religião dos pretos, longe de sua igreja e dos seus turíbulos. Nem por preconceito não, que a viúva Amália era até bem mulata mesmo e ele já se dizia, nos particulares lá deles, fiel a ela, apesar do povo falar do gosto dele pelas outras beatas, desde o tempo que o marido de Amália, já doente, ainda era vivo. Tanto que foi ele morrer e, sete meses depois, nascer a menina Ana. Ninguém nem houve por desconfiar de nada, apesar que tinha uns que poderiam. Mas ele ia mesmo, já tinha decidido, pôr termo àquela falta de respeito, de misturas indesejadas, e fetiches, com as coisas da religião dos santos. Não agora, naquele momento em que estava fechando a sacristia para ir ver a Zefa, outra do seu rebanho lá dele, antes que a viúva mandasse o seu lanche como em todo fim de tarde, mas ia pôr fim naquilo sim, ora se.

A sombra da igreja já ia ficando até mais comprida do que a praça e a filha da viúva Amália vinha vindo ladeira abaixo, pelo lado da sombra do muro das mangueiras, trazendo a merenda do padre, sob o olhar abrasado do coisa ruim que sempre foi na vida, Amâncio Olho de Peixe. Padre Vito também viu Ana de Amália, e sentiu até certo orgulho, que dissimulou bem, em ver que ela já ia ficando moça até bem que bonita, botando peitos, pernas grossas e uns olhos vivos que, mesmo quando de frente, resvalavam de viés e sempre alegres, como os da mãe. Ele também viu Amâncio Olho de Peixe, o oficial de defunto, olhando guloso para a sua menina e ficou preocupado, seu coração bateu aflito. Eu, na sombra comprida da igreja, vi os três e mais um sanhaço num galho das mangueiras. Ninguém me viu.

Padre Vito até desistiu da Zefa, e de seus cabelos lisos e louros, não para todos os sempres, século seculorum, como ele falava no sermão das missas, mas ali, naquela hora, achou melhor remediar e gastar uma prosinha a mais com Ana de Amália, fazê-la entrar e até mesmo sentar um pouco, merendar com ele, a bem de dar tempo para Amâncio Olho de Peixe botar seu olho ruim em outro rabo de saia qualquer que ele achasse, mas não na sua filha, não na sua menina. Mas qual, o homem tinha estacionado mesmo lá fora a sua maldade, nos degraus da escadaria da igreja. Amâncio era, como já disse antes e todo mundo sabia, oficial de defunto, homem que matava por encomenda e profissão. Encrenca, caçava de graça mesmo, por esporte. Se bem que, comigo que já bem gostava, ele sempre foi respeitoso. Ninguém por ali queria nunca história, prosa ou contas com ele não, só os de fora que vinham pedir alguém ou trazer dinheiro dos donos dos muitos engenhos dali em por perto e o nome de algum atrevido, fosse posseiro, empregado ou desafeto, pra ele fazer. E quando cismava com alguma coisa era como chuva depois de novena, certo de acontecer. Só se não fosse.

Ana de Amália bem gostou de lanchar na igreja, ainda que achasse aquilo tudo, e o padre ter tanto assunto assim, de repente, meio estranhoso. E o dia foi escurecendo devagar ainda no meio da conversa deles, e ela, muito educada, resolveu de ir para casa que sua mãe havera de estar estranhando sua demora, tanto quanto ela estranhava aquelas atenções todas de padre Vito de uma vez só, a respeito de sua vida, da de sua mãe Amália, e até de seu cachorro Guaiamum. Padre Vito, então, veio até a porta da igreja despedir-se dela, e não viu mais, naquele lusco-fusco do já quase escuro, Amâncio Olho de Peixe nas escadarias da igreja, nem atrás dos oitis, que era onde ele ainda estava mesmo. Isto o padre só percebeu depois, quando Ana de Amália dobrou a esquina com seus chinelinhos batendo rápidos e de leve nos calcanhares e Amâncio foi atrás dela, naquele passo de urubu engordado que ele fazia quando não queria fazer barulho andando. O padre pediu a Deus, que eu vi, proteção e seguiu atrás, de batina e sandálias, muito aflitíssimo da vida. Tinha que fazer alguma coisa sim. Ana de Amália corria grave perigo. Sempre respeitei zelo de pai, e admirei naquela hora padre Vito até mais por aquele gesto. Mas se o deus dele não descia nem pra dançar nas festas, por que havera de vir se meter em briga de padre que tinha mulheres e era até pai, ainda que zeloso fosse. Resolvi seguir atrás também, mas acho que atrasei o passo um pouco pensando e admirando padre Vito pelos riscos que resolveu correr na missão de cumprir o seu dever dele de pai. Podiam desconfiar de tanto zelo numa cidade como Santo Amaro, podia até morrer na mão de Amâncio. Mas ele foi assim mesmo. Quando alcancei o italiano só pude perceber que os pezinhos graciosos de Ana de Amália deviam estar já no seguro, longe dos chinelos caídos no bambuzal que ficava no caminho do engenho do Subaé, que era por onde ela tinha que ter passado no rumo de casa. Ele, agora por baixo de Amâncio Olho de Peixe, devia estar desmaiado de tanto apanhar e nem notou que embolei com Amâncio bem na hora em que ele ia descer sua faca na garganta do padre assim sem mais, só porque tinha sido contrariado, por um me dê cá aquela palha. Amâncio deu trabalho, aquele boi brabo. Embolar com ele foi só pra tirar aquele animal de cima do padre, mas foi o que bastou pra eu já entrar em desvantagem no frege e precisar da magia. Teve muito de tudo naquela briga, enquanto o padre dormia. Só consegui me ver livre porque Amâncio Olho de

Peixe precisou me soltar da gravata para pegar a outra arma que trazia no embornal cáqui de lona, e só não consumou porque o cordão do meu breve ficou embaraçado nos dedos dele e no cabo da navalha, e ele teve que abaixar a cabeça o tanto que baixou para se desembaraçar daquilo tudo, e o calcanhar do meu pé, que subiu bonito na meia-lua, pegou ele de com força bem embaixo da orelha. Amâncio Olho de Peixe ficou lá no chão estirado e custou muito a dar por si. Pelo que soube, dias. E nunca mais foi o mesmo. Ficou meio leso e, dizem, foi morar com uma tia, no Conde. Voltei para a igreja amparando padre Vito, que ficou muito grato mesmo, quando contei tudo a ele. Insistiu muito em que queria me agradecer por tudo. Por tudo, repetia ele, mas acho que queria só comprar meu silêncio sobre Ana de Amália que, mesmo sendo discreto como convém a um capoeira, ele viu que eu já sabia. Nem pensei duas vezes e pedi pela preta Zulmira, que era, afinal, quem mais merecia. Repeti a história do breve enredado nos dedos do Amâncio. Só capoeira não livra ninguém da maldade não, já não falei? Padre Vito não disse nada além de franzir as sobrancelhas. Deve ter ficado pensando lá com os seus tantos botões da batina que quem faz um breve tão poderoso não poderia ser de todo ruim, ou não, sei lá, quem vai saber?

Falar não falou nada na hora, mas também nem depois, em nenhuma das vezes que a preta Zulmira voltou à igreja a modo de rebenzer seus breves. Padre Vito tinha mesmo uma alma grande, ele era um homem tolerante com certas coisas.

Babuíno

Era um sujeito meio desaluado o tal do que atendia pelo nome de Babuíno. Nem se prestava para dar a ele missão ou encomenda de nada não. Mais ainda uma como aquela que lhe deu padre Vito no auge de sua aflição para evitar o vexame que havera de ser a mulata Amália pegar ele no flagra, com a boca nas botijas de Zefa, que apenas só havia fingido ter vindo à igreja para aproveitar melhor a visita que fazia à filha mais nova. Por isso é que ela tinha saído lá dos cafundós do engenho onde morava e vindo de a pé até a casa verde com lambrequins brancos bordando tanto e tanto a varanda, que mais pareciam, olhando assim de longe, os confeitos do bolo do dia em que ela casou com o abestalhado do marido dela. Babuíno foi caminho afora sem as pressas, como se fosse domingo ou dia de feriado, e já nem lembrava de todo do recado que devia dar a Amália, ainda mais depois da segunda dose que tomou em honra de seu compadre Nestor. Talvez, por algum resquício de responsabilidade, estacou do lado de fora da venda do Amaro, na sombra, que é lugar de ficar quem quer demora, a fim de poder ver a hora em que a comadre Amália havera de passar com a merenda de padre Vito, já que a menina Ana, filha dela, que sempre portava essa encomenda naquela hora, estava no Subaé, visitando a tia. Assim, apaziguado com a providência, resolveu de tomar outra dose, já por conta da luminosa ideia de esperar a pessoa a quem devia levar um recado passar, ao invés de andar naquele sol endemoniado até a casa da mulata comadre Amália, a que bem gostava de dar comida para o padre. Sua ideia até que teria bem dado certo não fosse ele ter entrado para tomar mais uma, pois foi justo nessa hora que a comadre Amália passou com muita graça, equilibrando no alto da cabeça a merenda do padre enrolada numa toalha, o refresco de umbu na moringa e aquelas ideias de dar uma boa de uma lição naquele italiano danado. Ora se.

Babuíno ainda tomou bem umas três mais até esquecer completamente do recado que deveria dar à comadre Amália, que a essas alturas já passava bem longe da venda de Amaro, mas ainda ladeando, pela banda da sombra, o muro do quintal das mangueiras que ficava ainda em antes da praça onde era mesmo a igreja. Padre Vito, aquele italiano desavergonhado mas de bom coração, ainda pensava que poderia, e por isso queria aproveitar o tempo de Zefa, porque o dele mesmo era mais quase que só para essa consumição de atender as beatas que o procuravam na sacristia depois das missas. E sem nem saber e por isso mesmo, sem se importar com o recado não dado pelo desaluado do Babuíno, lambuzava os beiços nos peitos redondos e de bicos rosados que a Zefa carregava sonsamente por baixo sempre daqueles vestidos pretos de mangas três-quartos que ela arrastava para cima e para baixo fosse de sol ou de chuva o dia que fizesse em Santo Amaro. E teria aproveitado muito mais se a viúva Amália não tivesse entrado pela sacristia adentro como uma chuvarada de vento no verão espalhando suas iras diante da cena que já desconfiava e acabou mesmo foi vendo. O espanto do padre quando viu a viúva Amália entrando porta adentro pela sacristia, muito enfezadíssima da vida, só não foi maior que a sua presença de espírito de começar a rezar e benzer com o turíbulo, o terço e o missal os lindos peitos descobertos da Zefa, que na confusão desmaiou. No que ele aproveitou a confusão e disse, então, para a Amália que era caso de possessão por causa dos frequentamentos de Zefa nos candomblés e de seus companheirismos lá dela com a preta Zulmira a modo de obter poções, beberagens e patuás com objetivos variados. Era nisso que dava, e o olhar dele já estava com o mesmo brilho severo de durante o sermão das missas, era nisso que dava frequentar terreiros de candomblés e macumbas a que todos iam, mesmo ouvindo as condenações que ele não cansava de fazer do alto do púlpito da sua igreja. E a viúva Amália já estava até quase que arrependida de ter pensado aquelas besteiramas todas sobre padre Vito e Zefa. E caiu em choro de joelhos rezando junto com o padre e mais dona Antônia, que vinha entrando pela mesma porta naquela hora a bem de também procurar padre Vito sabe-se lá para quê. Babuíno é que continuava bebendo na venda de Amaro.

Sorte

Mesmo quem nunca morreu antes pode morrer um dia. Mas isso eu não ia aprender hoje não. Só bem depois da noite em que cruzei o medonho. Sou homem de sorte, me acredite o senhor. Mesmo quando o destino se esmera de se enviezar para esfregar o contrário no meu nariz, mesmo aí, ainda é mais quando eu acredito que sou um cabra muito agraciado por Deus e pelos santos de todos os recôncavos da Bahia. Sou cabeça em que orixá fundou falange e dinastia. Foi sim sempre Ogum que me reinou. Mas também sou homem governado a coração, porque cresci criado a mangalô com leite, que minha tia me dava na soleira da porta todo dia, para mim e para as outras crianças. No coração da fé e da maldade que era a nossa vida de menino, morava essa mãe de um primo que me alimentava, com feijão-de-porco e coentro, e com a poesia das lendas dos antigos. Mas minha fome era de esperteza de encarar o cão que era o mundo dos pretos naquele tempo. Era bonita e garbosa essa minha tia. Aprendi com ela muitas das sabedorias e respeitos que todos devem aos ancestrais. E falo de todos mesmo, pois que nem o mais fervoroso dos incréus negará que também descenda dos seus. Ora então!

Gosto por confusão veio depois. Já quando vencia largo em minha vida o tempo em que o perigo é que tinha medo de mim. Porque já se pronunciava o nome de Besouro com respeito no final das feiras, nas rodas e festas de largo, como é hoje em dia, para meu orgulho e devoção. Sim, meu fino, porque a mesma capoeira que se fosse uma religião, então, eu seria um fervoroso devoto, também é coisa que não livra a gente de tudo não. Digo isso porque sei que se precisa de sorte para vencer o inusitado. O senhor me creia. Destino madrasto não foi me acumular com as pulgas dos cachorros sarnentos de Zefa enquanto esperava ela voltar da feira com um recado, que eu nem me lembro mais qual era, para dar a minha tia. Não. As pulgas foram só um aviso. Um sinal. Sorte mais acabou mesmo sendo eu vestir o paletó novo, feito por avó Rosa com os retalhos grossos dos sacos de se empilhar açúcar. Menos pelo frio que tivesse feito na ida, mais para não lanhar os braços nas folhas compridas e afiadas da cana já quase madura, quando já fosse noite e varasse o canavial na volta.

Ora veja o senhor se não é a sorte que me zela! Zefa só foi chegar quase noite, depois da hora da merenda, com uns olhos por demais arregalados como quem tivesse visto um padre nu. Quem havera de saber o motivo do espanto? Disse ela que no caminho ouviu uns latidos roucos de um cachorro que não chegou a ver porque correu de medo até em casa, mas não acreditei nisso. Ainda me fez merendar com ela antes de voltar, mas as pulgas já tinham se adonado do meu capote enquanto varava a tarde em esperar na varanda entre os vira-latas. Quando chegou já me consumia de coçar pernas e braços, costas e barriga. Até por dentro me coçava. Durante todo o tempo mais em que passei na casa dela foi assim, coçando. E toma que pula, e enfia as mãos adentro pelas calças e mangas do capote para coçar mais. Um suplício! Até que a noite acabou de esparramar seus breus entre as canas altas por onde eu ia ter que passar na volta. Zefa se despediu dizendo para eu ir com Deus. E as pulgas, falei para meu umbigo, e me fui caminho afora. De modo que a lua cheia me alcançou na encruzilhada do rumo do feijão com fato mais os temperos de minha tia, e o ter que desviar da sombra escura que vi passar de repente lá na frente entre os últimos moitões de cana antes de ir dar no estirão que era o pasto dos Vieiras, os que possuíam os bois mais gordos porque sustinham eles com cana também.

Que anjo é comida de lobisomem, todo mundo sabe. Capoeira não é quem duvida. O que uiva nas noites de lua cheia gosta também muito de neném novo. Mas dizem que gosta mais mesmo é de anjo. Aqueles ainda bem tenrinhos, tirados pelas parteiras das barrigas de mulher rapariga em antes da hora de vir ser gente. Mas na falta de petiscos podia se engraçar era com qualquer um. Fosse comigo ou com as galinhas que abusassem de dormir nos galhos baixos das árvores que ficavam do lado de fora do galinheiro. Ele era capaz de comer todas de uma bocada só. Antes fosse com elas então, e furei firme a noite na direção de casa.

O cachorrão não gosta de olhar olho no olho. Só nos olhos dos outros cachorros. Ou no olho do dono dele que é aquele o qual, o canhotão, o pé-redondo, o danado, o sedutor, o malfalado, o conhecedor de todas as línguas. Também não se pode mostrar as unhas para o que rosna no escuro, nem mostrar a palma da mão. Nada disso eu fiz. Mas qual, o cão danado não quis saber. Seres que têm parte com o imundo erram por aí com dons de andar para a frente e para trás, de modo que tanto o focinhudo podia ter me ultrapassado e estar bem na minha frente me esperando, quanto ser o dono do fungar nos matos que ouvi de repente às minhas costas e resolvi alargar o passo e nem olhar para trás para não precisar me encarar com ele. Mais à frente foi que descalcei a vergonha e corri mais meu capote, até o fim do talhão de cana. O quanto corri do susto de deparar com o peludo, ainda mais pelas costas, não sei medir não senhor. Não vivo minha vida a metro. Só sei que ele tava quase me alcançando e eu já suava grosso de investir tanto as pernas na estirada.

No que pulei a cerca do pasto ficou lá espetado o meu casaco que a avó fez com tanto carinho e panos de sacos de açúcar. Pelo menos me livrei das pulgas, pensava enquanto corria. Subi na primeira árvore que apareceu sem pensar e fiquei lá. O bicho não se satisfez em cheirar e fungar suas melecas no meu capote não. Vi depois, de cima da gameleira, quando ele puxou com os seus dentes de navalha o meu paletozinho da cerca e estraçalhou todo ele, como fosse uma galinha que achasse em um galho qualquer de goiabeira. Se espojou nos pedaços, feliz como um leitãozinho na lama, e depois veio cheirando o meu rastro até o pé da árvore do encanto. Ali, ao pé daquela gameleira, a gente de meu povo cumpria obrigações com os santos. Talvez por isso ele não tenha se ousado de trepar nela não. Foi sorte minha ter subido lá. Porque se é fato que um bicho cachorro não sobe em árvore, a metade homem dele bem podia requisitar esse direito. Mas nem deu tempo de duvidar. As pulgas gordas dos cachorros de Zefa já festejavam no couro dele outra festa ainda maior do que a que fizeram no meu. O focinhudo se coçava e gania na beira do pasto, se esfregava nos paus de aroeira da cerca. Até nos espinhos do mandacaru o danado furou o lombo na tentativa de se desaliviar, e nada. Mas não se deu por vencido não. Mijou tudo em volta da gameleira antes de se ir, arrastando consigo o sofrimento canino de ter que esfregar as patas atrás das orelhas até se sangrar de coceira. Dizem que o fero não pode sangrar na frente de um mortal não. Acho que foi por isso que ele sumiu num vão de árvore sem deixar nem rastro.

Demorou até o sol mastigar com preguiça os escuros que a noite tinha deixado espalhados entre as canas e as árvores. Mas, pela justeza da cautela, só desci da gameleira com o sol já bem alto sobre os bois gordos dos Vieiras. Naquele tempo ainda não usava patuá mas já podia com mandinga, ora se não. Por isso mesmo, antes de ir, mijei o mijo que guardei a noite inteira em cima da gameleira e verti só o preciso para abrir passagem no cheiro de enxofre azedo no mijado do lobisomem. Só capoeira não livra a gente de tudo não. O resto é a sorte que ajuda Pode dar fé que é fato, meu rei.

Nascimento

Ninguém não lembra do dia em que nasceu. Não conheço um. Sabem só o que foi contado. E lamba. Quando nasci teve rojão de festa e jogo de faca no fim da feira, mas nem foi nada de marra não. Foi só porque Tonha do Rolo quis pôr respeito num desavergonhado que folgou com ela. O sol benzeu os canaviais com sua luz e secou o miolo de pote da moringa que minha mãe deixava na sala para as visitas. Pelo menos era essa a desculpa que João Grosso, meu pai, dava para cada um que vinha saber notícia do parto, enquanto servia a aguardente da caiana no lugar da água. Porque o nascimento de menino merecia uma festejação. A preta Zulmira veio dar a notícia a meu pai. O velho babalaô tinha jogado os búzios. Viu o destino. Cachorros latiram nas ruas empoeiradas de Santo Amaro. O padre não quis dar sua bênção. Disse que não ia batizar o filho de Ogum que eu era, a não ser que meus pais renegassem a sua fé de origem, o que meu pai e minha mãe se negaram a fazer. Um besouro entrou no ouvido do padre nessa hora. E ele imprecou por isso em vigoroso italiano tanto do palavrão que deixou suas beatas com todos os olhos arregalados e com a bocas abertas. Quando nasci foi assim. Pelo menos foi o que contaram.

Mas só muito mais tarde na vida, só quando já outro sol começou a derramar seus raios pelos altos do morro de São João, com aquela sede de lamber logo com sua luz amarela os brancos dos mausoléus do cemitério lá embaixo, do outro lado de Botafogo, é que lembrei do dia em que nasci, ou do que me contaram. No alto do morro de Dona Marta, ouvi o choro da criança encher a manhã de vida e os galos da favela responderam o choro com seus bateres de asas e cocorocós. Uns cachorros vadios latiram animadamente as boas-vindas. O parto começou no meio mesmo da noite escura que se desmanchava agora sobre o bairro todo. O moleque nasceu de birra. Fiquei todo o tempo do lado de fora, enquanto uma vizinha ajudava a mãe parir lá dentro do barraco. Coisas de mulheres eu respeito. Sempre respeitei. Ninguém, nem me notaram, acho que por causa do aceso em que ficaram, eles os vizinhos todos, de alegria com isto do nascimento do menino. Alguém talvez tivesse percebido, não fosse no meio aquela correria toda de telefonar, chamar ambulância, demoras, delongas, e os homens lá embaixo, no pé do morro confeitando o medo com a má vontade de subir até a casinha branca de alvenaria, de onde se podia ver lá embaixo a enseada e o Pão de Açúcar. Nem quem era da fé deu por mim. Ficamos ali, uns buscando cerveja na tendinha de Julio Santinho e bebendo no pé da escadaria da viela. Aguardando notícia, conversando fiado, de olho no que acontecia lá dentro do barraco. Outros, como eu, torcendo, mas cumprindo preceito, aguardando como todo mundo os acontecimentos. A dona Ziza, outra vizinha prestativa, trouxe para todo mundo tomar com cerveja, os salgadinhos que sabia fazer como se ela fosse uma avó. Depois passou no barraco pintado de rosa e com janelas verdes e deu bonito outra vez para o negro Azul. Deu porque quis e pronto, ninguém tinha nada com isso. Depois ela voltou com mais salgadinhos. Tiros vararam o calor abafado da noite como uma revoada de tanajuras enlouquecidas, mas ninguém se abalou não. Porque era só o pessoal da boca dando notícia. Não era a guerra. Eram só tiros de festejação. Ninguém ligou. Também faltou luz durante a noite, mas foi como só para todos poderem ver melhor a luz da fé, de cada um que já rezava, arder nas velas no pé da escada. Era para tudo correr bem no parto dentro do barraco.

 O calor abafado reinou durante toda a noite. Um calor que o vento preguiçoso que vinha do mar não teve forças para empurrar para mais longe. Nem toda a cerveja que Julio Santinho foi capaz de fornecer para todos refrescou ninguém não. E agora o sol subia, como uma ameaça de ressecar as almas que insistissem em continuar rezando e ainda acendiam as últimas velas no alto da escadaria. Tinha sido um parto calmo mas demoroso. Os que tinham que descer para trabalhar já vinham arrastando pelo chão a preguiça que Deus dá para todo mundo de bem. Outros subiam com pão e leite. Foi uma noite grande. Uma lufada de ar fresco subiu pelas vielas do morro sem aviso bem na hora em que nascia o menino meu neto. Todos bateram palmas e festejaram.

A vizinha, uma velha bem firme e vigorosa, abriu a porta. Os da família entramos na casa, o menino chorava. Pela janela aberta entrou voando um besouro. A velha e mais alguém correram a espantar. A mãe não deixou. Acho que só aí percebeu minha presença.

Feijoada no Paraíso

O sol roubou as sombras das lápides de mármore e ficou olhando o cemitério de São João Batista de cima. Era meio-dia. Ele iluminou com força as mangas bicadas de passarinho caídas no chão. Eram tantas que a fartura delas já abusava de tornar vã a tarefa de varrer do velho zelador, que tinha se dado ao trabalho cedo, antes muito mesmo da hora do almoço. Foi um dia danado de encantado aquele em que nasceu o meu neto. Uma gana de festejação me arrepiou todo e vim descendo o morro de Dona Marta em meio aos que não me viam, já mais querendo é me desmisturar das gentes. Não se nasce em descendente todo dia não. Ancestral sabe disso. Era de se comemorar então. E cruzei quem subia o morro de tênis e camisa de loja, ou de chinelo, ainda que ninguém me visse. Sempre andei descalço e nunca me acanhei no esperto. Capoeira não é quem se assusta. Sempre estive em dia com o inusitado. Uma brisa revirou e levantou do chão umas folhas, devagar assim como na minha memória. E lembrei que viver é inventar fantasia. Um cheiro bom de temperos foi atravessando as folhas, que ao se revirar iam escrevendo no ar umas piruetas preguiçosas. O cheiro quente encheu o ar de Botafogo de lembranças e promessas.

As acaloradas tardes do Recôncavo eram frequentadas pelas tertuliações do padre com o Gringo, um que gozou com Ana de Amália anos felizes e filhos no sobrado de junto da farmácia. A conversa era coisa que se adentrava léguas além das amenidades e durava até muito depois da hora em que a primeira estrela se espetava no derradeiro azul do céu, antes do negrume da noite acabar de vestir Santo Amaro da Purificação. As folhas caíam das árvores no quintal de suas conversas, mas nada de abalar tais dois naquelas horas. A não ser seus breves desaveres. Comadre Amália, por sua vez, corria a forrar qualquer distância que houvesse entre as ideias com o macadame tentador de seus quitutes, enquanto os dois se nublavam do sol preguiçante de depois do almoço com a fumaça azul de seus charutos. E tome de um prosar sem verso sobre um lugar que, na fé do padre, se apanhava por demais aprazível, com palmeiras, alamedas, e jardins, e outros aromas raros de flor. Mas um lugar onde não batiam os tambores. O velho zelador é que batia, fosse no samba ou para os ancestrais.

Os braços roliços de comadre Amália gastavam aquelas tardes a se resvalar no padre e num ir e vir em bandejas e copinhos coloridos de refresco de mangaba. Gostava mais o religioso de discorrer sobre o bem-bom do paraíso, onde ele, com todo aquele seu ardor de alma, havera de ir ter um dia diante de Deus e de seus anjos. Para ele Deus era sempre tão justo quanto misericordioso, do alto de sua infinita paciência não se fartava de esbanjar complacência nem com os puros nem com os bestas. E quando nada pelo simples dom da onipresença, havera de reinar um dia sobre todos os incréus. Teria por decerto as barbas amareladas pelo olor de incenso e de mirra que, na ideia de padre Vito, ardia no paraíso todos os dias para a glória do Eterno, e não somente nas missas da igreja de Nossa Senhora da Oliveira do Campinho. Mas nunca que dançava entre os seus nos dias de festa como os deuses de minha gente não.

Nos costumes da casa de minha tia qualquer feijãozinho corriqueiro que fosse tinha que ter muito fato, costela, lombo, toucinho, orelha de porco, linguiça, paio, e temperos variados como coentro, cominho, alho, hortelã, umas folhas frescas de louro, pimenta. E depois de cozido o feijão, ela ainda afogava nele uns quiabos, maxixes e pequenos pedaços de variados legumes. Mas era a feijoada da mulata comadre Amália a que tirava o padre do seu sério. Nada se comparava. Não se cansava ele de repetir, tanto os elogios quanto mais e mais pratos de feijão pela tarde afora. Depois as redes, os licores, os charutos e a sua teimosice mais o Gringo atravessando o quintal de Amália, a que bem gostava de dar comida para o padre. Procurei o rumo daquele cheiro antigo no meio dos carros de Botafogo. O velho zelador encostou sua vassoura no muro branco do cemitério e foi caçar lugar de comer naquela hora.

Morrer é se espalhar em mil lembranças. E isso, o senhor me conceda recordar, já aconteceu comigo muitas vezes. Pois então onde vivo hoje é senão somente nos lugares que visito em minha memória. Lá tem um quintal com árvores e galinhas que nhá Amália engordava com tanto carinho que ficava com pena de matar depois. Era onde a paz fazia tamanha reinação que nem se abalava com nada que não fosse a sombra das mangueiras e os refrescos de umbu, mangaba ou carambola, que a beata se esmerava de trazer a cada quarto de hora para quem quer que fizesse o jus de se refastelar nas redes depois de suas feijoadas. No quintal de Amália se podia comer de tudo. Todas as frutas de todas as árvores quando fosse a época. Ela só apartava o de fazer seus licores e compotas que viravam as sobremesas mais gostosas em que um vivente já tenha lambuzado os beiços. Do resto se fartasse quem quisesse, que nem pular o muro para se chegar às mangas era preciso não. Porque não tinha muro o quintal e ele fronteirava com o de minha tia, e também suas árvores, seus patos, e o romãzeiro. A fruta mesmo de Doralice, a que veio a ser depois a mãe da filha que me honrou com o neto, fui provar por primeiro lá, poucos dias antes da magia do berimbau de Quincas me despertar para o último mistério. Para mim o paraíso era bem ali. Mas para padre Vito o paraíso não tinha quintais. Era um imenso jardim atapetado de verde, com lagos e pedras cobertas de delicados musgos. E foi numa dessas pedras limosas que ele escorregou quando o Gringo disse no meio da teima que se Deus era mesmo tão infinito em sua bondade havera por certo de perdoar padre Vito do pecado da gula. Uma trovoada medonha atravessou a conversa deles. Padre Vito ficou vermelho como um tomate fresco. A chuva transbordou o refresco de mangaba antes que se pudesse carregar tudo para dentro. Nem os charutos escaparam da tempestade. E os relâmpagos ainda faiscaram muito no meio dos assuntos desencontrados que molharam toda a sala da casa de Amália, que era simples mas dava fundos para o paraíso.

Fui cheirando minhas lembranças e atravessando ruas, dobrando esquinas barulhentas onde a nervosia das gentes fazia ainda mais zoada com os seus carros, até chegar ao restaurante de onde vinha o cheiro morno das minhas recordações. Tinha umas mesas simples com toalhas brancas e gentes de todas as qualidades, e atendia pelo nome do lugar florido e sem pecados das querelas de padre Vito. Na entrada um estranho móvel de aço e vidro abrigava um balé de frangos trapezistas que com certeza se escaparam da piedade de Amália, o que podia ser contemplado da calçada pelos outros passantes apressados. Os que estavam no restaurante pareciam ter pressa nenhuma não. Vi a satisfação e a farofa lambuzando a boca do velho e não me cabi de inveja. Estaquei diante da sua mesa com seu prato e sua cerveja. Só ele me viu. Mas não passou recibo de espanto porque era da fé. Nem eu estranhei. Ele apenas pediu ao garçom primeiro uma dose, depois outro prato de feijoada. O homem de gravata-borboleta estranhou apenas quando ele mandou levar de volta os talheres. O velho arrumou tudo muito cuidadosamente na sua frente, na outra borda da mesa, e fez um gesto largo me convidando a tomar assento. Poucos tiveram tempo de estranhar o seu gesto. Porque, sem que ninguém além dele me visse, evaporei tudo o que estava no prato e saudei as lembranças que me consumiam desde a hora em que desci do morro. O verão transbordava em águas e chuva sobre a rua lá fora quando o velho pagou a conta, colocou seu boné e correu sem pressas atrás de um rumo. Para mim o paraíso sempre foi em Santo Amaro, mas, acabei de crer, tinha uma filial em uma rua qualquer de Botafogo.

Este livro foi composto na tipologia Minion, em
corpo 12/17, e impresso em papel off-white 90g/m²
no Sistema Cameron da Divisão Gráfica da
Distribuidora Record.

Seja um Leitor Preferencial Record
e receba informações sobre nossos lançamentos.
Escreva para
**RP Record
Caixa Postal 23.052
Rio de Janeiro, RJ – CEP 20922-970**
dando seu nome e endereço
e tenha acesso a nossas ofertas especiais.

Válido somente no Brasil.

Ou visite a nossa home page:
http://www.record.com.br